Amor Duradero con Palabras y Arte

Por C. ARGON

Copyright © 2026 by C. ARGON

ISBN: 979-8-88615-310-1 (Paperback)
       979-8-88615-311-8 (E-book)

Inks and Bindings
888-290-5218
www.inksandbindings.com
orders@inksandbindings.com

ÍNDICE

Amor Duradero con Palabras y Arte

El objetivo de Lilly: reasentarse en Europa para ayudar a la Tierra con el clima severo y la capa de ozono.

El sueño de un vikingo

Tengo una visión de mi vida futura.
Remo con nudos. Remo más rápido.

La amplitud de las vías fluviales
conduce a diferentes puertos cada
mañana. Remo con fuerza. Remo
más rápido.

Como jardinero, en mi propio
huerto, bailaré con girasoles
sonrientes al son de la música de
la naturaleza.
Ata los nudos. Rema más rápido.

La vida me tiene sobrecogido. El
sol majestuoso se pone sobre la
luna. Millas náuticas, nada más.
Novedad, aquí estoy.
No reces. Vive.

El desierto y Europa pronto albergarán vida gracias a nanopartículas de arcilla. Los habitantes del desierto y del satélite Europa intentan ayudarse mutuamente a sobrevivir y disfrutar de la vida.

Pero primero, Lilly debe asistir a la recién creada escuela de oficios artísticos.

Los cambios en el estilo y el tamaño de la fuente, junto con las palabras y las ilustraciones, expresan las emociones y los pensamientos de Lilly y del entrenador Chuck.

Introducción

Este tercer libro de la serie *"Aprender y crecer"* comienza con el encuentro con Frank mientras se dirigen al centro comercial.

El antiguo novio de la abuela siempre advertía a Lilly y Vicky que tuvieran cuidado cuando fueran de compras al centro comercial. Frank no parecía estar bromeando ni gastando una broma.

En cualquier caso, Lilly se asustó después de que Frank mencionara el espionaje y los desconocidos en el centro comercial.

Sin duda, Frank utilizaría el espionaje para impedir que Lilly y su amiga repararan la capa de ozono y corrigieran el clima severo de la Tierra.

Afrontemos los hechos. Lilly estaba de humor para el romance y el amor, no para el espionaje.

CAPÍTULO 1

Nuevas ideas

—Esto no tiene gracia, niños —dijo la abuela Stormy—. Por favor, dejen de reír —En ese momento, alguien se acercó al coche y dijo:

—Puedo ayudarte, Stormy. Hazme un hueco y déjame conducir. La persona que está delante está protestando ante todo el mundo porque no hay sitio para aparcar en esta calle tan transitada.

Mientras el hombre conducía, Lilly olió a limón, así que le preguntó al recién llegado:

—¿Vendes limones o pescado? ¿Y quién eres?

—Me llamo Frank. Salí con tu abuela hasta que tu abuelo, que nos sigue en mi camioneta, se la ganó.

—No aburramos a las chicas hablando del pasado. Quieren ir de compras antes de empezar el instituto mañana. Son mis nietas, Lilly y Vicky.

—Encantado de conocerte, señoritas —dijo Frank sonriendo—. Cuando no trabajo para el gobierno, soy chef en un nuevo restaurante francés llamado Le Poisson. Servimos principalmente pescado, como le salmon, le clam, y también tortitas finas, la crepe.

—¿Las patatas fritas son originarias de Francia? —preguntó Vicky.

—No. En el siglo XVII, las patatas se frieron por primera vez en Bélgica —respondió Frank.

—Sigue en esta dirección, Frank. El centro comercial está a unos veinte minutos de aquí. Por cierto, Karl y yo estamos encantados de que tú y tu esposa puedan quedarse con nosotros unos días. ¿Todavía tienes tu autorización de seguridad?

—Mi autorización de seguridad federal sigue activa. Ya sabes, Stormy, siempre hay operaciones antiterroristas que tienen que ver con el ejército. Siempre me necesitan. Mi nuevo jefe está en el Departamento de Defensa. Me especializo en espionaje.

Frank miró a las niñas por el espejo retrovisor.

—Así que tengan cuidado, señoritas. Cuando vayan de compras al centro comercial, no hablen con extraños. Si alguien las ha visto conmigo, ahora son personas de interés para ellos y las investigarán utilizando el GPS del gobierno que opera la Fuerza Aérea de los Estados Unidos —Frank miró a la carretera y luego volvió a mirar a las niñas y dijo: —Solo cuídense, niñas, cuando estén en lugares públicos.

—Oh, Frank, relájate. Tú y Beverly nunca tuvieron hijos, así que puedo entender su preocupación por la seguridad. Si mis nietas tienen algún problema, llamarán por teléfono. Saben cómo usar su sistema GPS —dijo Stormy.

—Aun así, recuerden, señoritas, hay ojos por todas partes —advirtió Frank—. Tranquilo, Frank —dijo Stormy—. Las chicas conocen las normas de seguridad y nuestros valores familiares. No exageremos informándoles sobre cosas que quizá nunca sucedan. Estarán seguras solas en el centro comercial.

Una pasajera somnolienta, pero ahora asustada, bostezó y asintió con la cabeza. ¿El verdadero propósito de Le Poisson era lidiar con pescado con sabor a limón o el espionaje que utilizaba el calor para revelar la escritura con jugo de limón?

Ojalá Lilly pudiera hacer ejercicio para calmarse. Todavía estaba tratando de superar la muerte de su padre y adaptarse a que su madre se hubiera casado rápidamente con otro Navy SEAL.

Preocuparse por su estatura también empañaba su autoestima. Le preocupaba que sus nuevos amigos y profesores se rieran de su estatura.

Para colmo, Lilly empezó a preocuparse por no encontrar nunca una profesión. ¿Cuál era el sentido de su vida?

De repente, el ruido blanco del coche en movimiento amplificó el nuevo miedo de Lilly: el espionaje. Algo peligroso podría suceder en el centro comercial.

Ojalá Lilly pudiera estar en un lugar seguro. En Australia, las crías de los colás siempre estaban a salvo a lomos de sus madres.

Pero ella no era una kola ni una niña de mamá. Deseaba que su padre siguiera vivo y estuviera con ella. Él le habría explicado las citas y su altura de una manera positiva. También habría entendido la conexión que había entre su altura y una carrera que le permitiría cumplir su propósito en la vida.

Pero antes de que Lilly se diera cuenta, no estaba con su padre ni en Australia. Ella y su hermana estaban en el centro comercial.

CAPÍTULO 2

Espionaje en ruido blanco

Las dos chicas entraron alegremente en el centro comercial. A cada una le habían dado su mesada y unos dólares extra. Las rebajas del Día del Trabajo estaban por todas partes. Mientras miraban los escaparates en busca de zapatos, Lilly sintió un pinchazo agudo en el lado derecho del cuello.

Antes de que pudiera comprobar la sensación de ardor, un grupo de personas rozó el exterior de su brazo izquierdo mientras hacían ruidos *molestos para distraerlas*.

Vicky, que ya estaba dentro de la zapatería, le hacía señas a Lilly para que se diera prisa y se reuniera con ella.

Así que Lilly entró rápidamente en la zapatería y se olvidó del pinchazo. Horas más tarde, su padre, David, recogió a las hermanas con sus paquetes. Una vez en casa, dijo que sacaría a pasear al perro de Lilly.

Al entrar en el comedor, Vicky vio que su abuelo ya estaba sentado a la mesa.

—¿Por qué has llegado tan pronto, abuelo? —le preguntó.

Con una sonrisa de oreja a oreja, él respondió:

—He llegado temprano porque hoy es un día especial, un día que nunca olvidaremos. Este día hay que celebrarlo. Es mi cumpleaños. Estoy ansioso por que empiece la celebración.

De repente, su sonrisa se convirtió en una mirada seria. Su vista de lince había detectado el pequeño punto rojo en el cuello de Lilly.

Rápidamente, se alejó de la mesa del comedor. De pie, le tocó suavemente el cuello.

—¿Qué ha pasado? ¿Dónde estabas? ¿Cómo te sentiste cuando ocurrió? ¿Cuántas personas te han tocado después de sentir el pinchazo? —le preguntó a toda velocidad, como si fuera una ametralladora.

Sunny, la madre de Lilly y Vicky, entró en la habitación y gritó:

—¡Oh, no! ¡Mi pobre niña! ¡Tendrá una marca de por vida!

Todos los ojos se posaron en el cuello de Lilly y en la mancha roja cuando David entró en la habitación. Él dijo:

—Lilly, pronto se te pasará la mononucleosis. Estarás en forma para pasear a tu perro.

Al ver los rostros bañados en lágrimas y luego la mancha roja de Lilly, el estado de ánimo del padre cambió rápidamente. Lentamente, tocó con cuidado el cuello de su hija, y su futuro—. ¿Voy a morir? ¿Por qué están todos tan nerviosos y tristes? ¿Son los espías a quienes ahora todos temen están tras de mí? ¿Ahora soy una herramienta para el espionaje? —preguntó Lilly.

—Exactamente, Lilly. Eres una herramienta marcada para el espionaje, o el capítulo 37 del Código 18 de los Estados Unidos —dijo David—. Lo que te preocupa, Lilly, no es la libertad de expresión. Es la libertad de pensamiento.

Lilly se quedó atónita por segunda vez, primero en el centro comercial y ahora con las palabras de su padre. Bella, la perra de Lilly, se colocó a su izquierda en posición de guardia. Sintiendo también el peligro, Cuddles, el gato de Vicky, salió corriendo de la habitación para esconderse en un armario.

En ese momento, la tía Charlotte y su sobrino Ed entraron en el comedor. Al ver la mancha roja en el cuello de Lilly, la tía dio un grito ahogado:

—¡Espionaje!

—¿Por qué han elegido a Lilly? —preguntó Ed—. ¿Seré yo el siguiente?

—No tengo las respuestas, Ed —respondió la tía Charlotte—. De alguna manera, alguien ha descubierto la habilidad de Lilly para ver imágenes de los pensamientos de las personas. Con solo rozarse con Lilly, ciertas personas sabrán exactamente lo que ella y otras personas con las que ha hablado están pensando.

El abuelo Karl añadió:

—Apostaría lo que fuera a que ese grupo quiere duplicar las neuronas de Lilly.

—Me pregunto si también querrán descubrir cómo Lilly y Vicky se envían mensajes codificados —dijo el padre de las niñas—. Los codificadores navajos diseñaron un código similar imposible de descifrar. Ni siquiera el personal del Cuerpo de Marines era capaz de entenderlo. Finalmente, en 2007, se aprobó una ley en el Congreso que reconocía a todos los indios americanos que habían sido codificadores durante las dos guerras mundiales.

La tía Charlotte comentó:

—Lilly y Vicky han utilizado sus conocimientos lingüísticos para inventar otro tipo de código indescifrable. Quizá las niñas se dediquen a la interpretación.

—Es una idea —dijo Vicky.

—En cualquier caso —dijo David con un estremecimiento, —a Lilly le han puesto un microchip del tamaño de un grano de arroz que le ha dejado una mancha roja. Ahora siempre se sabrá la ubicación exacta de Lilly, así como todos sus pensamientos.

De repente, Ed dijo:

—Esto me recuerda al papel de Robert Louis Stevenson con una mancha negra en un lado y un mensaje escrito en el otro. Lilly no debería actuar asustada como Billy Bones.

Mirando directamente a su primo, Ed añadió:

—Lilly, tienes que mantener la calma como Long John Silver. Tu tesoro enterrado no es oro escondido en una isla, sino el conocimiento que tienes en la cabeza. Tu conocimiento y tu capacidad para ver los pensamientos de las personas como fotografías podrían serte útiles en una carrera en la administración pública.

—No te preocupes —dijo el abuelo Karl—. Ahora quédate quieta para que pueda quitarte el aguijón con unas pinzas.

—Por el amor de Dios. Esas abejas siguen persiguiéndome —dijo Lilly riendo—. He entrenado a las abejas para que reconozcan mi cara. Deben de necesitar un poco de atención.

En ese momento, el coche se detuvo y tu sueño también.

Se había decidido no ir al centro comercial, sino a casa. Lilly todavía se estaba recuperando de la mononucleosis. La advertencia de Frank sobre el peligro y su mención al espionaje habían provocado el sueño de Lilly.

Cuando Lilly abrió los ojos, volvió a ver a Frank, sonriendo.

—Anímate, Lilly. No dejes que tu imaginación y tus miedos controlen tu vida —dijo Frank—. Mientras dormías, tu síndrome de piernas inquietas tenía a todos preguntándose adónde intentabas ir.

Para cambiar de tema y alejar su mente del peligro, Lilly preguntó:

—¿A qué se dedica, señor?

—No soy chef, Lilly. El aroma a limón era de un vaso de limonada que me había tomado. No me atrevo a imaginar lo que habrías soñado si te hubiera hablado de otros inventos militares.

—Además del GPS, ¿qué otras cosas inventaste tú y el ejército? —preguntó la abuela Stormy.

—Bueno, los jeeps, las EpiPens, las técnicas de liofilización, los microondas, los coches voladores, la gravedad artificial, las motos voladoras, los trenes voladores, los láseres, las pistolas Taser y las comunicaciones espaciales. También tengo que mencionar la fotografía con poca luz, ya que a ustedes les gusta hacer fotos por la noche.

—¿Algo más, señor? —preguntó Vicky.

—Ahora, déjame pensar. Sí. Está la medicina nuclear, las herramientas electrónicas de choque de largo alcance inalámbricas, las cámaras y los cohetes fotónicos nucleares. He oído que os interesan Europa y Titán. Echen un vistazo a los inventos militares actuales que se utilizan para la exploración espacial.

Lilly estaba agotada, así que solo respondió:

—Gracias. Sin duda, usaremos cinta adhesiva.

Vicky intervino:

—También usaremos gafas de sol de aviador, que se inventaron para los pilotos.

—Al igual que los militares, pensamos usar superpegamento para las heridas —añadió Lilly. Luego se quedó callada. No tenía energía suficiente para volver a preguntar a Frank a qué se dedicaba y por qué estaba visitando a sus abuelos, posiblemente para celebrar el cumpleaños de su abuelo.

Cuando Lilly entró en su casa, empezó a pensar en su nuevo colegio.

Antes, el grupo de amigos LOVE, formado por Lilly, Oliver, Vicky y Ed, asistía al mismo colegio.

Este año, solo Oliver y Ed estarían juntos en un instituto que daba importancia a las ciencias y las matemáticas. Vicky iría a un instituto de idiomas.

Lilly estaría en un instituto que era su segunda opción. Sin sus amigos y su perro de terapia, no tenía a nadie que la consolara cuando su imaginación y su inteligencia se apoderaban de ella.

Cómo deseaba tener la edad suficiente para alistarse en la Marina de los Estados Unidos. Fuera cual fuera el reto o la misión, Lilly tendría compañeros de la Marina cerca.

Quizá dibujar el agua y los barcos o escribir poemas la distraerían. Lilly añoraba los buenos tiempos que había compartido con su padre y sus amigos. Y, lo que era igual de importante, Lilly deseaba enamorarse.

CAPÍTULO 3

El instituto, otra ciudad de hormonas

A la mañana siguiente, Lilly decía:

—Me llamo Lilly— en su clase de español. Lilly encontraba esa clase práctica y divertida.

Su siguiente clase, inglés, estaba lejos del aula de español. La experimentada escritora no quería llegar tarde a su clase de inglés para alumnos superdotados.

Ya era capaz de escribir argumentos sólidos y leer de forma crítica, y conocía la literatura. Lo que le resultaba difícil era producir escritos para su publicación.

Con su elegancia y su gran belleza, Lilly llamó la atención del entrenador de baloncesto, que también era entrenador de atletismo.

Lilly también fue vista por Aaron, un amigo de la escuela primaria. Cuando la familia de Aaron se mudó, en lo que en términos militares se denomina PCS (cambio permanente de destino), a otro estado, los amigos perdieron el contacto.

En el pasado, Aaron había ayudado a Lilly a relajarse después de que su padre fuera asesinado. Los servicios integrales del ejército y otros servicios de apoyo también ayudaron a Lilly a sobrellevar su pérdida.

Pero cuando otro Navy SEAL entró en la vida de Lilly como su nuevo padre, Lilly sintió que perdería a su madre y todos los recuerdos de su padre. Para agravar la pérdida, Lilly no podía entender que su madre hubiera olvidado de repente a su padre y quisiera casarse con otro Navy SEAL.

Pero esa mañana, Lilly no pensaba en su padre ni en su madre. Su mente estaba ocupada en no llegar tarde a clase.

Allí, en el pasillo del instituto, a Lilly le resultó fácil caminar rápidamente hacia clase y decir que sí al atletismo y no al baloncesto.

El entrenador le había pedido a Lilly que aprovechara su altura en los equipos de baloncesto y atletismo. El entrenador incluso estaba dispuesto a reconstruir los músculos de Lilly, que aún se estaban recuperando de la mononucleosis. Lilly sentía que el entrenador entendía claramente sus objetivos. Para los deportes, su altura era un regalo.

Sin embargo, mientras se apresuraba para llegar a clase, Lilly volvió a pensar que sus nuevos compañeros y profesores no la aceptarían. Además, ¿qué chico se sentiría atraído por la chica más alta de su instituto?

En el momento exacto en que Lilly luchaba contra su miedo a que ningún chico quisiera salir con una chica alta, Cupido vio a Lilly y Aaron caminando juntos hacia clase. Lilly era ocho centímetros más alta que Aaron, que era muy alto y delgado. Ambos se apresuraban en un mundo desconocido que hacía sonreír a Cupido.

Aquella mañana temprano, Cupido buscaba corazones jóvenes para crear vínculos amorosos. Si los adolescentes desprevenidos no buscaban el amor, utilizaría todas sus flechas para atraerlos hacia él.

Cupido siempre está atento. Sabe lo que hace con los jóvenes, especialmente con aquellos que no son conscientes de las consecuencias de sus actos. Afrontémoslo: toda acción tiene una reacción.

En ese instituto, como en muchos otros que Cupido visitaba, no necesitaba habilidades con el arco. Muchos corazones jóvenes, sin prestar atención a sus actos, simplemente se cruzaban en el camino de sus flechas, que tenían el poder no solo de crear amor, sino también odio.

El amor y la compasión de Lilly eran más poderosos que el odio, por lo que Cupido tendría que recurrir a los celos. Y qué historias han contado los celos.

En la mitología griega, hay una historia sobre la diosa de la tejeduría, Atenea, que desafió a Aracne a un concurso de tejido. Aracne ganó. Los celos hicieron que Atenea arruinara el tejido de Aracne. Sintiendo lástima por sí misma, Aracne se ahorcó. Atenea entonces sintió remordimiento y convirtió a Aracne en una araña. Incluso hoy en día, las arañas son reconocidas por su tejido. Ten en cuenta que las arañas no buscan llamar la atención a través de su tejido.

¿Pero Lilly buscaba llamar la atención en el instituto? Era encantadora, elegante y despampanante, y no vestía como la mayoría de las chicas del instituto. A Lilly le gustaba llevar una falda larga y fluida con una blusa, que luego cubría parcialmente con un delantal. Le gustaba llevar zapatillas sin puntera para que los dedos de los pies pudieran respirar y moverse. Los cordones de las zapatillas los había sustituido por cintas de colores a juego con la blusa.

Cuando Aaron vio a Lilly por primera vez, se quedó impactado y sin palabras. No la había visto desde sexto curso. En aquella época, Lilly era la más bajita de todos los equipos de natación.

—Una vez estuvimos en el mismo equipo de natación —logró decir finalmente—. Mi hermana gemela, Lisa, y yo te ayudamos a superar tu pérdida y a recuperar la confianza.

—Gracias de nuevo por eso, Aaron. Llego tarde a mi siguiente clase. Hablamos luego —dijo Lilly.

Ajenos a todo excepto al tiempo, Lilly entró en su clase de inglés. La seguían Aaron y otros cachorros enamorados. Al entrar en la clase, algunos se dieron media vuelta y se dirigieron a otras aulas.

Todos menos Aaron estaban sentados. Él simplemente se quedó de pie, como un caballo de Troya, junto a la silla de Lilly. Aaron estaba planeando una batalla de palabras para conquistar el corazón y la mente matemática de Lilly.

Intuyendo que algo iba a pasar, el nuevo profesor anunció:

—Quien no esté sentado antes de que suene el timbre, se considerará que ha llegado tarde.

Todo lo que Lilly escuchó durante la mayor parte de la clase le aburrió hasta que oyó hablar de William Shakespeare. El poeta, actor y dramaturgo británico era considerado el mejor escritor del mundo en lengua inglesa. Lilly no era de su mundo.

Incapaz de contenerse ni un minuto más, Lilly espetó:

—*Hamlet*, *Macbeth* y *Romeo y Julieta* pueden haber sido algunas de sus mejores obras en su época. Sin embargo, no debería ser considerado para este siglo XXI, el tercer milenio. No necesitamos que nos enseñen la desobediencia y la traición. En un fin de semana, hay amor, desamor, matrimonio y asesinato. Para colmo, William Shakespeare defendía el suicidio como solución a los problemas.

Mirando directamente a su profesora, continuó explicando su punto de vista.

—Los grandes escritores no solo utilizan palabras, sino que utilizan sus ideas, basadas en valores y principios morales.

Antes de que la señorita Taylor pudiera salir de su rincón con una respuesta, Lilly fue salvada por el timbre. La nueva profesora necesitaría un plan, con el consejo del profesorado, para estar preparada para otro encuentro con la bella alumna de razonamiento independiente.

La siguiente clase de Lilly era matemáticas.

Para algunos, era conocimiento general. Para Lilly, solo era un sustantivo. Ojalá Lilly pudiera descubrir alguna utilidad para las matemáticas. No le gustaba mostrar su trabajo a menos que fuera necesario para sus planes de asentar a la gente en Europa.

Más tarde, se relajó soñando despierta en la clase de arte y luego en la de salud. Pronto llegó la hora del almuerzo.

Lilly estaba disfrutando de su sándwich cuando Aaron se acercó con dos de sus amigos.

Antes, Aaron les había contado a sus amigos el poder que tenía sobre Lilly.

—Miren cómo este experto tira a Lilly de la silla. La entrené en la escuela primaria para que calmara los nervios y se concentrara en varias competiciones de natación —se jactó Aaron—. Incluso sé cómo excitar a esa belleza indefensa.

—¿Por qué no la conquistas esta vez de una manera civilizada? —le preguntó un amigo—. Lilly era la mejor en matemáticas en sexto grado. Necesito saber cómo sabía las respuestas sin mostrar su trabajo —respondió Aaron—. De alguna manera, Lilly usaba atajos que le daban las respuestas correctas. Incluso en la clase de refuerzo de matemáticas de la escuela secundaria, Lilly no muestra su trabajo, pero tiene las respuestas correctas. Quiero saber qué es lo que le permite sacar cien, el cien por cien de las veces.

Después de guiñarle un ojo a Lilly, comenzó a dar instrucciones a sus amigos.

—Ahora, chicos, escuchen a este as de la barra. Usen las palabras que les he escrito en estos papeles. Sigan mi ejemplo, chicos.

—Para complacer a Lilly —dijo uno, —cantemos para la bella dama.

Sonriendo, Lilly siguió comiendo lentamente mientras dos miembros del trío comenzaban a leer las palabras que Aaron se sabía de memoria.

El trío chasqueó los dedos para dar intensidad a las líneas de seis sílabas:

Lo mejor de la mañana
fue ver tu belleza.
Con las rodillas débiles, tropezamos.

No somos policías de
tráfico, pero es un arresto
ciudadano,
por el acto ilegal
de destrozar nuestros jóvenes corazones.

Es un caso claro, ningún
abogado puede ayudar.
Ni al médico.

Sigue nuestro consejo legal,
y sal con tu amigo Aaron.

Ella respondió suavemente:

—No exageres. Solo vi a tres valientes caballeros arrodillados ante la realeza, Lilly.
Aaron respondió rápidamente.
—Acepta el cambio en tu vida. No sueñes. Vive. Esto no es una escuela ni una casa para muertos. No vivas con miedo, bella dama. Tienes que dar un nuevo paso. Como en la película, sé una funambulista. Aprovecha la oportunidad de vivir y amar.
Lilly respondió con voz suave:
—Estamos en el siglo XXI. Despierta, deja de soñar con conquistas. Usa Google para conectarte con la vida actual, Sir Aaron y amigos. Soy como un panda libre y salvaje con un mordisco peligroso. También tengo mi ADN. Mi padre escandinavo tenía antepasados vikingos, verdaderos guerreros. Soy una vikinga independiente y una sirena acuática, no un pez fuera del agua para uno de tus futuros cuentos populares. Lanza tus redes en otra parte.
Con la servilleta, Lilly se secó los labios y no dijo nada más. Había terminado de comer.
Era una escuela de artes, que incluía música para el placer de comer.
Lilly decidió no decir nada más ni proporcionar un boleto para el entretenimiento de los demás. Cerró todas las puertas a más palabras simplemente alejándose.

En el momento adecuado, si fuera necesario, Lilly respondería con las palabras adecuadas. Lilly estaba decidida a no ser como la novia de la quietud de John Keats, congelada en el tiempo. Ella estaba viva, no era una figura en una urna griega.

Además, Lilly necesitaba su energía para planificar un rancho para los indios nativos americanos y los militares en activo para que lo utilizaran durante el verano. En el rancho habría actividades. Posiblemente una obra de teatro sobre el amor adolescente, cualquier cosa menos otra tragedia de William Shakespeare.

Realmente deseaba que Aaron la ayudara en el rancho. Quizás solo fueran amigos, como en la escuela primaria, solo amigos.

CAPÍTULO 4

Sueño o no sueño

Al entrar en la clase de ciencias, Lilly vio a una profesora joven y pelirroja llamada señorita French.

La profesora compartió lo que sabía sobre ustedes y su estilo de aprendizaje favorito.

—Observaré cómo recopilan información utilizando sus sentidos o su intuición. Con la información, podrán tomar decisiones utilizando el pensamiento o los sentimientos. En esta clase se utiliza el pensamiento.

Sonriendo, añadió:

—Para equilibrar las personalidades y no descuidar las necesidades de los demás, ni mi tiempo de enseñanza, voy a dedicar un minuto a cada alumno para que responda a una pregunta o lea su respuesta escrita. Mi ordenador portátil me ayudará a llevar el control del tiempo.

Señalando la pantalla de la pizarra inteligente, leyó:

—En 2016, Bloomberg calificó la educación superior de Rusia como la tercera mejor del mundo. Si un estudiante no tomaba apuntes durante la clase, se le pedía que abandonara el aula. Yo no haré eso.

Señalando los cuadernos de varios alumnos, añadió:

—En su lugar, se les entregará un cuestionario con preguntas que podrán responder utilizando sus apuntes de clase. Si por casualidad faltan el día del cuestionario sin previo aviso, les proporcionaré los apuntes para que los utilicen. Por cierto, les aconsejo que tomen apuntes no solo cuando esté dando la clase, sino también cuando vean películas o presentaciones en la pizarra inteligente e incluso las respuestas de otros alumnos.

Se dirigió a su escritorio y comenzó la clase.

—Dmitri Mendeleev fue un químico e inventor ruso. Diseñó la ley periódica. Utilizó esta ley para corregir las propiedades de algunos de los cincuenta y seis elementos ya conocidos en su época. También la utilizó para predecir las propiedades de elementos aún por descubrir. En 1869, Dmitri Mendeleev ordenó los elementos químicos en grupos después de tener *un sueño* que le ayudó a darse cuenta de que las propiedades físicas y químicas estaban relacionadas con su masa atómica y con propiedades similares.

Señalando el cuadro de la pared trasera, continuó.

—Hoy en día, la tabla tiene 118 elementos confirmados. Los grupos químicos están ordenados verticalmente. Incluso podría hablar de elementos que no aparecen en la lista, como el unbinilio. También se conoce como ekaradio o, simplemente, elemento 120. Esta escuela es para un o que te desafía a resolver los problemas de la Tierra. En mi opinión, se necesita ciencia, matemáticas y nubes. Sin embargo, el director predice que su creatividad y sus sueños encontrarán las respuestas.

Asintiendo con la cabeza, continuó hablando.

—Aun así, como científico, me fascina cómo la mente dormida puede resolver problemas. En 1818, Mary Godwin (Shelley) tuvo un sueño en el que obtenía ideas para escribir con sus amigas. Su sueño trataba sobre la creación de un nuevo hombre. Ese sueño dio lugar a la primera novela de ciencia ficción escrita, titulada Frankenstein.

Varios estudiantes se hicieron gestos de monstruos y solo se comunicaban entre sí con los ojos desorbitados y cambiando de postura corporal.

—La fiebre tropical de Alfred Russel Wallace le provocó un sueño extremo que le ayudó a comprender la selección natural. Y Otto Loewi, el padre de la neurociencia, utilizó los sueños para comprender que la señalización a través de las sinapsis era un evento químico. En 1936, se le concedió el Premio Nobel de Medicina por su sueño.

Caminando hacia la mesa de Lilly, continuó hablando.

—Probablemente nunca utilizaré los sueños para resolver problemas, pero eso no significa que no puedan utilizar su imaginación y sus sueños para resolver los problemas del agotamiento de la capa de ozono y el cambio climático. Creo que la solución tiene mucho que ver con las nubes de la Tierra.

Los alumnos cogieron sus libros de texto y se les pidió que leyeran primero el capítulo sobre las nubes. A continuación, debían escribir un poema para presentarse y describir la nube que imaginaban ser.

—También pueden describir otra nube en su poema para obtener puntos extra. La tarea principal es que conozcan algo sobre una nube y luego aprendan sobre otras nubes gracias a los demás alumnos. Su poema me ayuda a recordar su nombre mediante una técnica llamada asociación.

Lilly decidió escribir un poema para describir su rápido crecimiento en altura, sus valores y su imaginación.

La descripción de la segunda nube tenía como objetivo minar la confianza de Aaron y el control que ejercía sobre ella en sexto curso utilizando la palabra *"reinado"* en lugar de *"lluvia"*. La última línea de Lilly no solo sugería su altura, sino también sus principios.

Varios alumnos, tras completar la tarea, comenzaron a soñar despiertos, mientras que otros utilizaron sus diarios para hacer garabatos. Hacer garabatos ayuda a no pensar demasiado ni demasiado poco. Puede ayudar a concentrarse.

Lilly decidió no soñar despierta. Aprovecharía el tiempo extra para terminar de dibujar osos kola en su diario artístico. Además, no le interesaban los garabatos del siglo XVII.

Después de quince minutos, se pidió a Lilly que comenzara las presentaciones. Se presentó como *Just Cumulus*, utilizando versos de ocho sílabas de su poema titulado "Lilly Doesn't Date Pollution" (Lilly no convive con la contaminación), incluido en el libro de poemas de la clase titulado:

"Lilly no convive con la contaminación".

Presta atención a lo que ves.
Empezando bajo, luego creciendo
alto, la imaginación puede jugar trucos.
Las formas de animales o las
nubes con forma de personas no
son reales, solo son cúmulos.

Presta atención a quién eres. Tu
núcleo mineral y tu luz reinan

Vive y se mueve en atmósferas frías,
Estratos planos, brumosos y sin rasgos
distintivos.

Presta atención a quién soy
yo. Vuelve a tu región ártica.
Juega con las emisiones de energía.
No te necesito, comodín del cambio.

Presta atención a quién soy yo.
Empezando desde abajo, luego
creciendo hacia arriba, Incluso la
fotografía con lapso de tiempo
Muestra la realidad de la vida.
Lilly es una nube inalcanzable.

Luego, otros estudiantes leyeron sus poemas.

Cuando le tocó a Aaron, se describió a sí mismo como Sir Cirrus, con rizos en el pelo igual que los de Aaron.

Lilly soltó:

—El amor y esas nubes no duran mucho —Eso hizo reír a Lilly y a la clase.

CAPÍTULO 5

Geografía para encontrar respuestas

Lilly había estado esperando todo el día a que la clase de geografía le diera ideas para enviar mensajes al espacio con Oliver, Vicky y Ed.

Durante más de cincuenta años, la gente ha estado buscando vida extraterrestre mediante mensajes de radio. Desde la escuela primaria, Lilly y sus amigos habían estado intentando hacer lo mismo.

El primer mensaje de los adultos de la Tierra se envió en 1974. Ese mensaje utilizaba dos números primos. Si el espectador veía el mensaje como una cuadrícula de 23 por 73, podía ver una serie de imágenes sencillas. El mensaje se envió utilizando un radiotelescopio de Arecibo.

Alrededor de 1999, se volvieron a enviar mensajes al espacio utilizando el radiotelescopio RT-70 de Ucrania.

El grupo no duplicaría esos primeros mensajes ni los mensajes posteriores enviados en los dos discos de oro del Voyager.

Pero primero, Lilly, Oliver, Vicky y Ed necesitaban una forma eficiente de enviar su mensaje al cosmos para ayudar a la Tierra a combatir el agotamiento de la capa de ozono y las condiciones climáticas extremas. En unas semanas, el grupo de amigos planeaba reunirse para compartir sus teorías individuales.

El Sr. Hill pasó lista y luego comenzó su clase.

—El tercer continente más grande es América del Norte. Tiene un tercio de la población de la Tierra. Los cuarenta y nueve estados de Estados Unidos se encuentran en cuatro regiones geográficas: el noreste, el sur, el medio oeste y el noroeste. Hawái, el quincuagésimo estado, está situado en la zona del Pacífico.

Señalando la imagen de la pizarra inteligente, continuó explicando.

—*El interior* de la Tierra es *más joven* que el planeta. Hace unos 4500 millones de años, la bola uniforme de roca caliente sufrió cambios: compresión, acreción y colisión. Los cambios provocaron un aumento de la temperatura en el interior de la bola. El aumento de la temperatura tardó 500 millones de años en fundir el hierro y producir silicatos, agua y aire.

El Sr. Hill explicó que el hierro fundido, el níquel y otros metales pesados se habían desplazado hacia el centro de la bola. Debido a que la Tierra gira con un interior metálico líquido que gira, se produce un campo eléctrico que ayuda a la vida en el planeta a sobrevivir. Lilly creía que ese campo eléctrico era la fuente de energía necesaria para enviar sus mensajes.

De repente, el Sr. Hill dejó de hablar. Había interceptado una nota que era un a creada para Lilly.

Inmóvil, Lilly escuchó a su profesor leer las diez sílabas de Aaron, con la cabeza inclinada.

Mi joven corazón siempre será tuyo, Lilly.

Olas contra segundos en espacios
líquidos, un motor contra el tiempo, mi
corazón se aceleró en la prueba de
natación de estilo crol de la competidora.

Sin necesitar aire, nadaste por delante
en la prueba de crol de la competición y en
mi corazón. Mientras resistías la
respiración, al salir a la superficie,
tus dos manos se levantaron y tocaron la pared del
competidor. En la prueba en la que nuestro equipo
ganó la medalla de oro,
amor, el destino de mi joven corazón fue de repente tuyo.

Todos en la clase se rieron, todos menos Lilly, que estaba avergonzada. Esta vez, Aaron se rió el último, con la clase riéndose a su alrededor.

—Ya basta, chicos —dijo el profesor—. Esta clase de geografía y otras clases esperan que puedan resolver el problema del ozono y las condiciones meteorológicas extremas. Algunos profesores creen que todo se debe al cambio del campo magnético de la Tierra. En mi opinión, *el cambio* del campo *magnético* de la Tierra no es la causa. No hablaré más del tema a menos que tengan ideas para una nueva brújula magnética.

Se acercó a su mesa de trabajo y siguió hablando.

—Ahora, por favor, miren este mapa de desplazamientos mientras les explico cómo se forman las montañas.

Cuando terminó la clase, Lilly salió del aula. Las risitas de los demás alumnos se burlándose de ella hirieron su orgullo.

CAPÍTULO 6

Ayuda de un adulto

Después de la escuela, Lilly se sintió aliviada al ver a su abuela. Su madre tenía un trabajo a tiempo parcial y no volvería a casa hasta varias horas más tarde. Lilly y su hermanastra estarían al cuidado de su abuela. Su padre seguía en TDI recibiendo formación especial.

Incluso antes de que empezara el colegio, Vicky y Lilly habían hablado sobre las resonancias de la Tierra y la frecuencia de 7,83 Hz para reparar la capa de ozono y las condiciones meteorológicas adversas.

Vicky había sugerido utilizar la electricidad de los rayos. La electricidad produciría música de aire nuevo para *reconstruir* la capa de ozono utilizando los rayos que se forman entre las nubes y dentro de ellas.

Pensando en William Thomson (Kelvin) y en la segunda ley de la termodinámica de Rudolf Clausius, Lilly le preguntó a su hermana:

—¿No se perdería energía en el proceso? El tiempo cambia la música y el clima.

—Si todo se descompone y hay desorden, ¿cómo puedes ayudar a resolver los problemas? —preguntó Vicky—. ¿Usando las voces de tus pájaros?

—La órbita de la Tierra alrededor del sol con un eje inclinado hace que algunas de las superficies circulares de la Tierra reciban más calor, radiación —respondió Lilly—. Mi plan es utilizar Europa y otros asteroides para equilibrar las temperaturas.

Mientras negaba con la cabeza, Lilly añadió:

—Reparar el agujero de la capa de ozono podría empeorar el calentamiento global. Ese agujero provoca la formación de nubes más brillantes de lo habitual. Esas nubes protegen la región antártica de las emisiones de gases de efecto invernadero. Los vientos de alta velocidad arrastran la sal marina y forman nubes húmedas. Esas nubes reflejan los rayos solares que, de otro modo, calentarían el aire antártico. Sugiero utilizar asteroides para bloquear la luz solar en toda la región.

Vicky estuvo de acuerdo. Luego pensó en otro uso para las nubes de la troposfera. Sus nubes de lluvia podrían trasladarse a los desiertos. Los rayos también separarían los átomos de nitrógeno del aire para formar nitratos, un tipo de fertilizante. Lilly tendría que encontrar la manera de que las plantas del desierto utilizaran ese fertilizante nitrato. Las dos hermanas estuvieron de acuerdo en utilizar los desiertos como lugares para que la gente viviera y produjera sus alimentos. Básicamente, la Tierra tiene un 71 % de océanos, y el 29 % restante es tierra, de la cual el 33 % es desierto.

Esa tarde, Lilly se sintió aliviada de que su hermana estuviera en el ensayo de la banda. Lilly necesitaba estar a solas con su abuela para explicarle su problema.

—Entonces —dijo la abuela —no estás buscando a un guardián del fuego, sino a alguien que distinga las llamas. Primero, llamaré por teléfono a tu colegio y hablaré con dos de tus profesores para explicarles que necesitas su ayuda. Como los opuestos se atraen, la pequeña y poco soñadora profesora de ciencias, la señorita French, y el musculoso y soñador entrenador, Chuck, formarán un equipo motivado para ayudarte. El trabajo de un profesor no es solo enseñar, sino también proteger a los alumnos.

Abrazando a su nieta, Stormy le explicó su plan.

—Informaré a tus padres sobre la reunión. En segundo lugar, les preguntaré si podemos buscarte un nuevo médico. Es necesario reevaluar tu salud. Estás estresada y pareces tener menos energía para afrontar los retos que forma parte de la vida cotidiana. El nuevo médico nos dirá cuándo puedes empezar a hacer ejercicio. El ejercicio te abrirá el apetito.

—Tengo hambre. No como mucho porque quiero dejar de crecer. ¿Sabías que soy más alta que muchos de mis profesores? —preguntó Lilly.

—Hay que consultar a un nuevo médico. Tus padres están complementando tu dieta con vitaminas y charlas motivadoras. Sin embargo, los alimentos naturales no solo son seguros, sino que ayudan a los huesos a almacenar calcio. Debes ser consciente de la densidad ósea. Por favor, Lilly, no arruines tu cuerpo por preocuparte por los planes de Dios para tu estatura.

—Tengo otro problema. No me gusta el colegio al que voy —dijo Lilly.

—No mostrar tus deberes de matemáticas te impidió asistir a la escuela de tu primera elección, una escuela secundaria especializada en matemáticas y ciencias —dijo la abuela—. Los examinadores no te entienden. ¿Estás adivinando o calculando intuitivamente? Pero yo sé lo que estás haciendo. Has estado usando la regla de cálculo que te di en sexto grado. En los últimos dos años, has dominado el arte de calcular visualmente con la regla de cálculo de tu mente.

Lilly respondió con una risita.

—Ahora, ¿quieres saber qué es lo que realmente está mal en tu colegio? ¿Puedes soportar algunos comentarios sinceros? —preguntó la abuela.

—Por el amor de Dios, ya deberías conocerme. Rara vez discrepo contigo durante mucho tiempo. Mi ojo derecho sigue cada una de tus palabras.

—Otra cosa que no te gusta de tu colegio es Lisa JP. Está en las mismas clases de ciencias y matemáticas que Oliver y Ed. Además, es su compañera de laboratorio. Sin duda, estás celosa de que sea su nueva amiga.

—¡Vaya, abuela, qué buena estás!

—Intuyo que, en algún momento, el grupo discutirá cosas contigo para pedirte tu opinión intuitiva. Necesitarás las matemáticas no solo para demostrar tus ideas, sino también para ayudar a los demás a entenderlas y verlas. Ese será el momento en el que los dejarás boquiabiertos con las matemáticas.

—¿Dos, tres o cuatro calcetines? ¿Cuántos calcetines podré dejar boquiabiertos? —preguntó Lilly.

—Esperemos a hablar de esos números más tarde. Mañana también hablaré con tu profesora de matemáticas y le daré algunas ideas para motivarte con los números binarios. Ahora, ¿qué tal si tomamos un tentempié y descansamos con un cuento? *Los tres osos* podría ser un libro divertido para releer juntos y cambiar las palabras por diversión.

—¿Sabías, abuela, que en 1837 Robert Southey inspiró dibujos animados, poemas e incluso películas con esa historia de los osos? En fin, en su historia, los osos se mudaban a la casa de la niña, que era la casa de su abuela, para aprender a limpiar y quitar el polvo. Esos eran los valores domésticos que se esperaba que dominara una joven en la cultura de aquella época.

—Lilly, el primer libro lo escribió Eleanor Muir en 1831 para el cuarto cumpleaños de su sobrino —dijo la abuela—. En aquella época de la historia de Estados Unidos, se temía a las brujas. Podemos suponer que la anciana de la historia original era una bruja porque la capturaron y la quemaron. La anciana sobrevivió, por lo que la empalaron en el campanario de una iglesia. Menuda historia para el regalo de cumpleaños de un niño de cuatro años.

—Entiendo que los tiempos cambiantes necesitaban acontecimientos y personajes diferentes —señaló Lilly—. Incluso Walt Disney cambió las historias. Los cuentos de hadas eran la fuente de inspiración para sus películas.

—Cuando estabas aprendiendo a leer, te leí *El hombre de jengibre* para que practicases la secuenciación de acontecimientos. También te gustó *El patito feo*. Quizás sea un cuento en el que debas pensar, ya que tu belleza interior te está haciendo crecer —Luego añadió: —La vida también consiste en saber hablar.

—Pero yo no soy Hera, la esposa de Zeus. Hera le echó un hechizo a Eco porque hablaba demasiado. Yo no soy Eco. Sé cómo dejar de hablar y simplemente alejarme. Además, Aaron no es Narciso. Solo está tratando de abrir mi mente para encontrar respuestas, respuestas matemáticas. Aaron no es consciente de que mi mente es una caja de Pandora.

Intervino la abuela.

—Entiendo esa analogía. En cierto modo, tú eres como Pandora. Aaron sabe lo que Pandora dejó salir de la caja. Sin embargo, Aaron confía en el último elemento que salió volando de la caja: la esperanza. Hablarte directa o indirectamente a través de poemas, tareas escolares o cualquier otra palabra le da a Aaron la esperanza de tener una relación contigo.

—Nunca lo había visto así. Pensaba que solo intentaba hacerme sentir cohibida delante de todos a la hora del almuerzo. Luego, en la clase de geografía, mi ego quedó destrozado cuando todos se rieron de mí.

—Iré a la reunión del colegio, ya que tus padres no pueden. Tendré tiempo de sobra para evaluar la personalidad de Aaron. Pero aquí tienes otra historia en la que pensar.

—¿Otro mito o cuento de hadas casero? —preguntó Lilly.

—Es posible. Este nuevo cuento tendrá encanto, maravilla y magia. Trata sobre las elecciones: tus elecciones profesionales y tu destino.

—Einstein defendía que se le leyeran cuentos de hadas a los niños para mejorar su inteligencia. ¿Esta historia tendrá algo que ver con mi coeficiente intelectual y mi forma de pensar? —preguntó Lilly.

La abuela se rió y luego respondió:

—Sí. Las historias son oportunidades importantes para hablar con los niños sobre los comportamientos correctos e incorrectos. Es como cuando mencioné tus palabras sobre Aaron delante de sus compañeros. Hay que tener en cuenta los sentimientos. Will Rogers dijo que todo es divertido siempre y cuando le pase a otra persona. Ten cuidado con lo que dices y con tus motivos.

—Lo entiendo. A menudo dices que hablar con los niños ayuda a desarrollar su conciencia y sus conocimientos básicos sobre lo que está bien y lo que está mal. Un cuento también ofrece una oportunidad para el pensamiento crítico. ¿Estás insinuando que tengo que pensar más?

—Sí, pero tienes que utilizar un tipo especial de pensamiento. ¿Recuerdas lo que dijiste una vez sobre Caperucita Roja, que no reconoció al lobo disfrazado de su abuela?

—Lo *recuerdo*. ¿Cuál es la nueva historia? —preguntó Lilly.

—Tu vida —fue la respuesta—. Estás eligiendo hacer demasiadas cosas a la vez. No estás reconociendo tu nivel de energía ni prestando atención a tus palabras.

—Pero, abuela, Robert Kennedy dijo algo sobre que algunos hombres ven cosas. Kennedy soñaba cosas que nunca existieron. Yo también tengo muchos sueños que cumplir. Además, soy un movimiento browniano humano.

—Las partículas de los líquidos y los gases pueden moverse con la luz. Necesitas moverte con planes y horarios, o tus sueños no llegarán a ninguna parte —respondió la abuela.

—¿Cómo puedo mantener la concentración? Tengo muchos intereses y opciones que considerar.

—Lilly, tápate literalmente un ojo hasta que termines el colegio. Deja de buscar aventuras y retos emocionantes. Y deja de preocuparte por tu carrera profesional. Comprenderte a ti misma y tus puntos fuertes, como recomienda Martin Seligman, no te ha ayudado a elegir una carrera. Es posible que tengas dos puntos fuertes que requieran más de una carrera. Relájate. Disfruta de tus años de aprendizaje y crecimiento.

Lilly asintió con la cabeza.

—Cuando estés con tus amigos, concéntrate en enviar mensajes únicos al espacio utilizando los campos magnéticos de la Tierra. Quizás podrías incluir la nanotecnología. Y cuando termine el colegio, a finales de mayo, destapa el ojo. Planifica el rancho para los nativos americanos y los militares en activo y sus familias. Incluso Aaron puede aprender y crecer si decide trabajar en el rancho —dijo la abuela.

—Supongo que limpiar las letrinas no es tan impropio de un voluntario —respondió Lilly. Rápidamente añadió—: En serio, su nombre ayudaría a escribir el nombre del nuevo grupo. Nos llamaríamos A LOVE group of friends (Un grupo de amigos con amor), con Aaron, Lilly, Oliver, Vicky y Ed como miembros. Le diré al grupo que le pidamos a Aaron que se una a nuestro club.

—Tengo la sensación de que Aaron saca muchas de sus ideas divertidas de las películas y los libros. Cuando te cantaba con sus dos amigos, me recordaba a una película —dijo la abuela.

—Eso es lo que me pareció. Maverick y sus amigos le cantaban a Charlie. Sin duda, la película *Top Gun* le dio a Aaron la idea de cantarme a la hora del almuerzo.

—Sí, Lilly, Aaron no es un Maverick de verdad. Como mucha gente, solo está copiando lo que ha visto o leído. Pasea a Bella, come algunas verduras, dúchate y luego descansa un poco.

—¿Cuándo va a llegar mamá?

—Después de recoger a tu hermana del ensayo de la banda, se han ido a cenar. Como todavía te estás recuperando, tienes que acostarte temprano. Mañana será un día nuevo y emocionante para ti. Para tomar decisiones y saber cómo priorizar tus elecciones, necesitas planificar. Además, piensa antes de hablar.

Esa noche, Lilly se acostó y soñó.

Cambiar para ganar

*M*e *alegro de que la abuela Stormy vaya a hablar mañana con tus profesores sobre el problema con Aaron. No soy una persona conflictiva. Sin embargo, no me importaría demostrarles a todos lo fuerte que soy.*

Podría pintar el cuadro que cuelga de este árbol. Esa fotografía en blanco y negro de un caballo podría ayudarme a parecer poderosa si la coloreara con símbolos. Me pregunto quién colgó este cuadro. Mejor aún, ¿cuándo lo colgaron?

¿La colgaron en 1493, cuando Colón trajo caballos españoles a Norteamérica? ¿O la colgaron más tarde, en 1519, cuando se reintrodujeron los caballos en el continente norteamericano?

Primero, tengo que descubrir si es un caballo sociable, miedoso, distante o simplemente desafiante, que está en lo más alto de la jerarquía. Para tener éxito, quizá necesite dos personalidades. Ojalá pudiera ser un caballo sociable y estar en lo más alto de la jerarquía. Así, todos hablarían conmigo, pero sabrían que soy el líder.

Entonces, Lilly se vio a sí misma transformándose en dos caballos.

Al ver la nueva fotografía, Lilly se quedó sin aliento y dijo:
—No, me estoy convirtiendo en el Frankenstein de Mary Shelley.

Bella había oído llorar a su amiga, así que empezó a lamerle la mano izquierda. El contacto cálido y reconfortante ayudó a Lilly a centrarse y a controlar sus emociones.

Siguiendo el consejo de su abuela, Lilly cerró un ojo para ver solo la fotografía en blanco y negro. Aun así, sus alergias le hacían pensar en utilizar la raza American Bashkir Curly. El pelaje, la crin, la cola y el pelo del interior de las orejas de ese caballo eran rizados. Los indios con alergias montaban esa raza.

Aprendiendo de su último deseo, Lilly decidió pensar en el futuro y usar sus palabras con prudencia. Su obra de arte abstracto estaría destinada únicamente a la fotografía en blanco y negro.

El arte abstracto ha sido utilizado por todas las tribus y civilizaciones de América del Norte y del Sur.

Es un arte primitivo. Este arte inspiró el arte de la década de 1990 para convertirse en el arte abstracto americano moderno.

Lilly no pensaba en utilizar el arte moderno estadounidense, sino el arte nativo americano.

Desde la distancia, los estudiantes entenderían su mensaje. No tendría que tener cuidado con las palabras que utilizara. Su mensaje sin palabras estaría pintado en la imagen del caballo.

Las obras de arte de Nazca se pueden ver desde el espacio. Su arte cubre varios kilómetros en el desierto peruano. Lilly solo necesitaba una distancia corta para que se viera su mensaje.

Al planificar su trabajo, decidió no utilizar las técnicas de electrochapado desarrolladas en el año 500 d. C. por los antiguos moches. Tampoco iba a llegar al extremo de intentar hacer pinturas con arena como las que se hacían en la antigüedad.

Para empezar, necesitaba algo con lo que proteger su piel y la del caballo.

Lilly recordó que las tribus utilizaban petróleo. El aceite evitaba que su piel se resecara. El aceite también protegía al indio y a su caballo de los insectos que picaban. No había aceite ni hierba dulce cerca. Así que, como muchos indios americanos, decidió utilizar una gruesa capa de barro.

A continuación, eligió su saliva para mezclar los polvos de colores con los que dibujaría símbolos específicos. Esos símbolos serían una poderosa magia para ella y para su caballo, que los haría invencibles. Tus compañeros de clase verían claramente el valor y la independencia de Lilly. Nunca más se reirían de ella. Ahora bien, ¿dónde conseguir los colores?

El color amarillo podría provenir de las flores. El azul, de las bayas o la arcilla, e incluso del estiércol de pato. El verde podría provenir de las algas o el musgo.

El rojo se podía obtener de las cerezas y las fresas. El rojo simbolizaba la guerra, la sangre, la fuerza, la energía y el poder. Otros colores tenían significados diferentes. El azul era la sabiduría y la confianza. El amarillo significaba la muerte.

En la Primera Guerra Mundial, el término "yellowbelly" (cobarde) se utilizaba para referirse a una persona cobarde o pacifista. Lilly no era cobarde. Simplemente no quería morir ni que se rieran de ella. Para evitar cualquier malentendido, Lilly decidió no utilizar el amarillo. Más adelante, quizá quisiera atraer a la gente con ese color. El amarillo era su amigo.

Por ahora, tal vez necesitaba usar el verde, que tenía grandes poderes curativos. Su orgullo y su ego necesitaban ser reparados, pero eligió el verde para ayudar a su caballo.

Tu caballo vería mejor si se pintaran círculos verdes alrededor de sus ojos. Tu caballo necesitaba ver por dónde iban.

Un momento. Su color favorito era el rojo, y necesitaba fuerza y poder e . Si su caballo llevara un círculo rojo alrededor de cada ojo y cada fosa nasal, ambos parecerían poderosos.

Ah, pero a Lilly le encantaba el violeta. Aun así, no quería olvidarse de su color favorito, el rojo. Así que decidió usar el morado, una mezcla de rojo y azul. El azul del morado le daría confianza para enfrentarse a los demás.

Sin pensar en el futuro, Lilly planeó usar solo una huella de la mano morada boca abajo. Eso simbolizaba una misión a vida o muerte.

Sintiendo que su mano izquierda volvía a sudar, Lilly se concentró. Nunca podría pelear. Igualmente importante era que Lilly no necesitaba demostrar nada a nadie. Si le lanzaban palabras, risitas y carcajadas, se diría a sí misma:

—Los palos y las piedras pueden romperme los huesos, pero los insultos, las risitas y las carcajadas nunca me harán daño.

Más relajada, Lilly decidió montar su caballo, su caballo blanco y negro, para ir al país de los sueños y dormir.

Solución

El lunes fue un día estupendo. Comenzó con la clase de español de Lilly.

Luego, en su segunda clase, los alumnos recibieron la consigna de escribir sobre las citas entre adolescentes. "Primera cita" fue el título de su primer artículo.

Su profesora de inglés estaba preparada. Cualquier alumno que terminara rápidamente debía escribir otro artículo sobre el autodescubrimiento.

"Una rana rescata a Lilly" fue su segundo artículo, más largo.

Más tarde, esa misma mañana, en su clase de refuerzo de matemáticas, Lilly recibió una tarea extra. Tenía que utilizar números binarios para un *programa de ordenador*. El conjunto de instrucciones para resolver un problema específico utilizaba números binarios para que su ordenador lo ejecutara.

De repente, los números binarios se convirtieron en perlas, casi como las perlas que el dios Indra había descrito en una leyenda budista. En esa leyenda, el collar de perlas del cielo tenía una perla que reflejaba otras perlas.

Para Lilly, la inteligencia artificial era una perla para las perlas informáticas. La escritura de programas requería mostrar el trabajo: números binarios.

Sonriendo, Lilly se dirigió a su clase de arte. Colgó su tarea en la pared que le habían asignado. A continuación, se pidió a los alumnos que hicieran rápidamente un segundo dibujo.

El tema de Lilly era el agua y un barco. Seguramente, su profesora no esperaba una copia exacta del primer dibujo. Su segundo dibujo tendría el mismo tema, pero se centraría más en el barco.

Mientras pintaba, Lilly imaginaba que el viento del norte era una mujer que llenaba las velas con palabras de ánimo para transportar cosas.

Lilly no transportaba hombres armados ni mercancías como hacían los vikingos. Lilly transportaba sus ideas y planes para habitar Europa.

Los vikingos y Lilly tenían muchas cosas en común. Ambos comprendían la naturaleza.

Eran amantes de la poesía.

Se bañaban.

Y comerciaban.

Lilly se encontró intercambiando su amor por las palabras por su arte.

Mientras pintaba el reflejo acuoso del barco, Lilly imaginaba ese barco en Europa, naturalmente, con su ordenador portátil con los programas recién instalados.

Después de quince minutos, los alumnos colgaron sus segundos dibujos debajo de los primeros.

—Buen trabajo, todos. Planificar varias ideas es bueno. Hablando de planificar, necesito que piensen en un animal. Hagan algunos bocetos para mañana. El animal será para su proyecto detallado de mitad de trimestre, en el que también pueden trabajar durante su tiempo libre en clase. Mañana les daré más detalles —dijo el Sr. Brown cuando sonó el timbre.

Esa misma mañana, en la sala de profesores, hubo una discusión. La abuela Stormy pidió ayuda a otros dos profesores.

La profesora de ciencias, la Srta. French, fue la primera en hablar y preguntó:

—¿Deberíamos trasladar el duelo a otras clases?

—Eso podría no resolver nada —respondió el entrenador Chuck—. Al final, serían una distracción y un entretenimiento en otras clases o en el pasillo e incluso en el comedor. Además, Lilly es un buen ejemplo para las demás alumnas. Sabe defenderse. Los hombres a veces tienen una influencia dominante o ejercen control sobre los acontecimientos, y a menudo las mujeres lo permiten.

—Está bien —dijo la señorita French—. Puede que Lilly se sienta insegura por su estatura, pero tiene la capacidad de defenderse. Hoy no ha oído los comentarios de Aaron sobre que el amor de Lilly tiene que incluirlo a él. Si los hubiera oído, estoy segura de que habría respondido. Ninguno de los dos parece saber cómo detener el duelo. No es tan mortal como el duelo entre Hamilton y Burr. Aun así, no queremos que desarrollen un resentimiento duradero.

—Entiendo los posibles problemas futuros —dijo el entrenador—. Conseguiré una copia del contrato de conducta de la escuela y añadiré algunos comentarios. Además, los dos adolescentes deben estar presentes en la reunión. Todavía estoy debatiendo si asistir a la reunión con ustedes. Ni Lilly ni Aaron están en ninguna de mis clases. Pero ambos quieren estar en el equipo de atletismo. Probablemente por eso me pidieron que ayudara con el problema.

Esa noche, el entrenador Chuck se acostó y tuvo un sueño.

CAPÍTULO 8

¿Quién es ahora el débil?

Esa noche, dando vueltas en la cama, el entrenador Chuck intentó liberarse de los poderes mágicos que tenía la cesta amarilla de Lilly.

Lilly había reducido el tamaño de un grupo de animales con su cesta amarilla. Ahora ella lo estaba mirando. Esa imagen, en su mente, lo atormentaba.

Chuck era un profesor nuevo. Entendía a los adolescentes y las luchas de poder. En una de sus clases de formación, recordaba haber leído que no se debía luchar contra un alumno a menos que se supiera que se iba a ganar.

Por lo que podía ver en su sueño, incluso los animales salvajes perdían ante las poderosas palabras de Lilly. Si ella se aliaba con Aaron, sin duda él perdería.

Entonces, en su sueño, el entrenador Chuck vio a algunos de sus alumnos practicando saltos.

En otra zona de la pista, varios alumnos lanzaban un objeto esférico pesado que parecía una bala de cañón.

El entrenador Chuck vio inmediatamente a Lilly y Aaron lanzando un diccionario esférico con palabras que volaban hacia él desde las páginas del diccionario. Tras esquivar con éxito las palabras, el entrenador se trasladó a otra zona donde los alumnos se preparaban para los saltos triples y de altura.

Todo parecía ir bien hasta que Lilly y Aaron lanzaron sus pértigas de fibra de vidrio. Los dos no apuntaban a la barra transversal suspendida. Sus pértigas y las palabras iban dirigidas a su entrenador.

Incluso las pruebas de carrera tenían palabras de Lilly y Aaron. Los dos les lanzaban sus palabras al aire.

Esa fue la última palabra que toleró de la pareja. Decidió enviar a cada uno a correr tres mil millas. Pero pensando en el futuro, no quería que se repitiera lo ocurrido en el 490 a. C.

La leyenda del 490 a. C. cuenta que Filípides llevaba un mensaje de victoria: Niki.

Pero Filípides se derrumbó y murió. Lilly podría ser del tipo de persona que correría hasta derrumbarse y morir.

Los jóvenes lo estaban destruyendo literalmente. Este sería el fin de su carrera docente de solo un año... hasta que recordó algo.

La profesora de ciencias, la señorita French, estaría en la reunión con el director, el orientador escolar y el tutor o los padres del alumno. No necesitaba hablar ni decir una palabra.

Pronto, la atención de Chuck ya no se centró en las palabras, sino en la señorita French.

¿Se había teñido el pelo y se había hecho mechas rojas para tener entre 620 y 750 nm con una frecuencia de 400 a 484 THz?

El rojo tiene la frecuencia más baja y las longitudes de onda más largas.

Sin embargo, esos dos adolescentes los imaginaba como ondas violetas con las longitudes de onda más cortas. Esas ondas cortas tenían más energía y transportarían palabras agresivas contra el entrenador alto y musculoso.

Entonces, el entrenador Chuck se preguntó: ¿Tendría la pequeña y experimentada profesora de ciencias, la señorita French, las habilidades y la resistencia suficientes para manejar la situación?

De repente, el pelo rojo de la profesora de ciencias se apoderó de sus pensamientos y sus miedos. Ella se había convertido en una nueva llama de esperanza, y a él le gustaba el color rojo. El rojo es un color emocional, no solo por el peligro, sino también por la pasión y el amor.

Pensando solo en la encantadora y hermosa profesora, cayó en un sueño más profundo y sonrió.

CAPÍTULO 9

Mantente alerta y cuídate

La ausencia puede ayudar a que el corazón se acerque más, pero para el entrenador Chuck, ausentarse de la reunión le dio fuerzas. Lilly no podría menospreciar o restar importancia a ese entrenador tan grande.

Aun así, Lilly le pidió ayuda para protegerla de las palabras y las interrupciones de Aaron. Necesitaba al entrenador. Además, Chuck estaba ayudando a Lilly al organizar la reunión. Había enviado las notas correspondientes y había llamado personalmente a los tutores y a las familias. Aun así, Chuck tenía miedo. Más adelante, Lilly podría utilizar sus palabras para menospreciarlo. Como era una pequeña simio, podría colocar al entrenador con el resto de la manada de animales más pequeños. No quería que su sueño se hiciera realidad.

A salvo fuera de la sala de reuniones, Chuck tenía pensamientos temerosos fruto de su pequeña imaginación. Incluso los adultos tienen imaginación.

El entrenador no se sintió seguro hasta que el grupo de la conferencia salió sonriente de la oficina del director. Incluso le dieron la mano con palabras de agradecimiento.

—Por cierto, ¿estarías dispuesto a ayudar a Lilly a recuperar fuerzas antes de que empiece la temporada de atletismo?

—Con mucho gusto —respondió el entrenador—. Necesito ver su historial médico.

—Lilly tiene que ir al médico mañana después del colegio. ¿Puedo dárselo?

—¿Tu nombre y tu información de contacto? —preguntó la abuela Stormy.

—Por supuesto —respondió el entrenador Chuck. Mirando a los dos adolescentes, añadió—: También me gustaría saber cuáles son sus objetivos e intereses. Los alumnos ya han comenzado los ejercicios físicos conmigo en el gimnasio. Cuando estén listos, vengan al gimnasio antes o después de clase. Incluso estoy disponible los sábados por la mañana para ayudaros a practicar.

La señorita French sonrió.

Eso hizo que el entrenador Chuck le devolviera la sonrisa.

Siguió sonriendo todo el día, mientras Lilly planeaba su obra de arte y sus palabras.

CAPÍTULO 10

Concurso de ciencia ficción

Después de la escuela ese mismo día, Lilly se sentía segura y en paz con el mundo. Con menos estrés por parte de Aaron, Lilly tenía energía para participar en un concurso de escritura.

Para participar en el concurso, había que presentar unas cuantas páginas. Y si Lilly ganaba el concurso, le darían un premio en metálico. Ese dinero lo utilizaría para el rancho de verano. Incluso podría disfrutar leyendo su novela ganadora a niños interesados en la ciencia y no necesariamente en los números.

Por lo tanto, Lilly eligió palabras de colores en lugar de números de frecuencia.

El 4HTz se llamaría Rojo. El 4,5HTz se llamaría Naranja y el 5HTz se llamaría Amarillo.

El 6 HTz representaría el verde, muy relacionado con el 6,5 HTz, que era el azul. El violeta sería el 7 HTz.

Cualquier lector interesado o entusiasta de la ciencia podría buscar en Google los números exactos. Su historia necesitaba otros personajes.

Un pensador independiente se llamaría Tac. Una persona sabia se llamaría Sofía.

Pensando en los números binarios para escribir programas, Lilly añadió a Zoe, de un planeta llamado Zero One to Infinity.

La trama consistiría en devolver la vida a Dream y rescatar la Tierra de la radiación dañina (violeta) y del amor egoísta (Cupido).

Lilly decidió ser la heroína, la persona que actuó con un valor extraordinario.

Rescue Mission fue el título de su novela.

*****

Misión de rescate

El contenedor 007 Cosmos Bond estaba lleno. El inhalador había terminado de llenarlo con señales CQD y SOS procedentes de la Tierra.

Ya en 1905 se habían enviado mensajes desde la Tierra.

Luego, en 1906, la Convención Radiotelegráfica Internacional de Berlín finalmente eligió... — ... (o SOS) en lugar de las señales CQD. La tripulación no estaba al tanto de lo que estaba sucediendo.

Los icebergs estaban desapareciendo de la Tierra. El Titanic chocó contra un iceberg.

Es posible que una señal fuera del Titanic y la otra del iceberg, que utilizaba un código diferente.

Tac, que estaba bien informado, explicó a los colores que el capitán del Titanic era del Reino Unido, por lo que utilizó la señal CQD para pedir ayuda.

Un joven del Titanic conocía la nueva señal universal de SOS, por lo que utilizó la señal SOS para pedir ayuda.

—Eso explica las señales dobles del Titanic. Pero, ¿qué explica los dos discos de oro que también recuperamos? —preguntó Orange.

Tac señaló:

—El oro ha sido un metal precioso en la Tierra —

—Sí —añadió Amarillo—. Probablemente tienen a alguien como Midas que convierte otros elementos en oro. El oro no es tan precioso para los habitantes. Ahora lo están tirando.

—Me interesan más los mensajes en varios idiomas extranjeros grabados en esos dos discos de oro. ¿Están presumiendo o pidiendo ayuda? —preguntó Red.

—La Tierra debe de ser un planeta estúpido. Ese planeta tiene mucha riqueza y recursos naturales. Sus habitantes están desperdiciando sus recursos y sus palabras —dijo Green.

—Para esta dimensión del túnel espacial, tendremos que volver a nuestro planeta, Zero One to Infinity. Allí podré utilizar nuestros ordenadores programados con números binarios —dijo Zoe—. Nosotros no nos ocupamos del tiempo. Sin embargo, lo que hemos recopilado podría estar en un orden diferente de acontecimientos.

Tac preparó el siguiente instrumento que iban a utilizar. Era necesario instalar la frecuencia de resonancia armónica que manipularía la materia y el sonido a nivel atómico.

En la Tierra, un inventor y científico serbio-estadounidense, Nikola Tesla, había propuesto la tecnología de la frecuencia de resonancia armónica.

Utilizando la tecnología de Tesla, regresaron a su mundo Zero One to Infinity.

En un instante, de vuelta en su planeta, el arcoíris se descompuso en ROYGBIV, colores únicos. Su arcoíris no era el arcoíris aborigen que utiliza su energía y su aliento para dar vida a las personas. Su arcoíris era como varias galaxias arcoíris con huellas dactilares identificables en la Tierra como empatía.

En un abrir y cerrar de ojos, el contenedor 101 Cosmo prestado de otro universo tenía toda la información clasificada. Era fácil comprender la base de los mensajes. El denominador común era el miedo.

A continuación, se presentaron sugerencias según las frecuencias de color, comenzando por el rango de potencia más bajo y terminando por el más alto.

El rojo sugería congelar las neuronas del CPF que oscilan a 4 hercios. Esto reduciría las respuestas de miedo de los habitantes de la Tierra.

El naranja no estaba de acuerdo.

—Vayan directamente a las neuronas del LBA. Esa parte de su cerebro sería la más adecuada para eliminar sus miedos.

El amarillo sonrió relajadamente y dijo:

—El proceso está impulsado por el CPF. ¿Por qué desperdiciar energía yendo a otra parte? Necesitan experimentar ondas theta de 3 a 8 hercios para relajarse, relajarse profundamente. En sus mentes relajadas, podemos proporcionarles las imágenes mentales necesarias para superar sus miedos. Si aún no han dominado sus hábitos de pensamiento, es posible que necesitemos que ayunen. El ayuno cambia el cerebro.

El siguiente en rango, Verde, estuvo de acuerdo. Azul estaba de guardia. Su gran atención y sabiduría eran necesarias para abordar las ondas gravitacionales detectadas.

Las ondas gravitacionales, a la velocidad de la luz, estaban provocando que otro contenedor cósmico 1001 se extendiera en una dirección. Su contenido no clasificado se movía en dirección perpendicular.

Los nuevos mensajes entrantes, que pedían ayuda, se encontraban en su dimensión de eventos, es decir, en su concepto del tiempo.

En los pliegues pasados de la existencia, Titán nunca había necesitado ayuda ni esperanza del grupo de colores del arcoíris. Los habitantes solo enviaban señales de gratitud.

El agradecimiento provenía de todos los ámbitos de la vida, por cada aliento producido en Titán. El agradecimiento provenía de todos los puntos del radio de 1600 millas de esa luna.

El cosmos es 250 veces más grande que el universo visible. Aún así, dondequiera que existiera vida, sus sentimientos vibraron en la misma frecuencia. Esto es un hecho que todos los tipos de arcoíris conocen.

Sin embargo, el conocimiento se encuentra en una frecuencia diferente. Por ejemplo, la búsqueda de un estilo de vida o del pan de cada día significa cosas diferentes, aunque las personas vibren en la misma frecuencia.

El conocimiento cambia las reglas del juego.

Una vez, la reina francesa María Antonieta oyó que sus campesinos no tenían pan. Ella no tenía conocimiento de las condiciones y las luchas diarias de su pueblo.

—Que coman pasteles —sugirió María Antonieta. Básicamente, se trataba de brioche, que es casi tan rico como un pastel. La reina carecía de conocimiento sobre las dificultades de su pueblo.

Algún consejero tenía que explicarle las necesidades básicas de su pueblo. Entonces, la reina podría haber desarrollado un sentimiento de amor, una frecuencia de 639 Hz, que también es una frecuencia de conexión.

Ahora, en la novena dimensión, no había explicaciones para que Tac y Zoe hicieran cosas juntos sin incluir a Violet. Nadie le había explicado nada a Violet. Había una conexión, pero no incluía a Violet.

Los sentimientos de Violet estaban heridos. Su dolor se convirtió en ira, que ocultaba con una sonrisa.

Al igual que con la reina, nadie se había tomado el tiempo de explicarle a Violet cómo podía conectarse con los demás. Por lo tanto, Violet decidió no volver a estar nunca en un arcoíris ni bajo la misma luz que Tac, que pensaba de forma independiente, y Zoe, que planificaba todo con antelación.

Para agravar la situación, Violet también decidió cambiar. Se transformó en luz infrarroja. Creía que nadie la vería jamás.

Pero un grupo internacional de científicos de Polonia, Suiza, Noruega y Estados Unidos descubrió ciertas condiciones que hacían visible la luz infrarroja.

Ahora bien, que la ira puede hacer que una persona vea rojo es un hecho científico.

Estar celoso es normal, pero Violet no veía rojo, sino que se convertía en energía infrarroja.

Por cierto, los astrónomos dividen el infrarrojo en infrarrojo cercano (0,75 micras), infrarrojo medio (5 a 30 micras) e infrarrojo lejano (de 30 a 1000 micras).

Básicamente, la energía infrarroja no es peligrosa a menos que se concentre en un haz de muy alta potencia.

Y Violet se había vuelto muy susceptible, estrecha hasta la médula.

Cualquier buen espejo es capaz de reflejar la luz infrarroja, a menos que los celos lo inclinen.

Ahora bien, no te equivoques con el infrarrojo (Violet). La radiación infrarroja tiene usos.

La cámara infrarroja se utiliza para encontrar personas en edificios en llamas y llenos de humo. El ejército la utiliza para inspeccionar sistemas eléctricos, navegar, estudiar oceanografía y otras cosas.

Así que, relajándose con pensamientos positivos, Violet, ahora llamada Infrared, decidió ser útil, una Infrared verdadera y servicial. Pronto salió de su escondite y se convirtió en su verdadero yo, Violet. Violet incluso se reunió con su grupo de amigos del arcoíris.

Los arcoíris hacen feliz a la gente porque simbolizan la esperanza y la promesa del sol. A Violet le gustaba hacer feliz a la gente.

Sin embargo, al ser en parte humana, Violet quería estar con otros grupos. También deseaba tener otros amigos con los que hacer cosas diferentes, además de hacer feliz a la gente y dar esperanza.

Pero la verdad era que a Violet no le gustaba ser la última de su grupo de amigos del arcoíris. Violet no era consciente de su fuerza y belleza cuando estaba con el grupo de amigos adecuado.

Por desgracia, Violet no había tenido mucho cuidado al elegir a su nueva amiga. Y así fue como, cuando Violet y Cupido se hicieron amigas, empezaron a cotillear y a juzgar a los demás, y a excluir a otras personas de muchas maneras.

En el pasado, cuando no estaba con el grupo del arcoíris, Violet tenía a Dream como su mejor amiga.

En la mente de Violet, Dream era un poco como los rayos gamma que se utilizan para tratar el cáncer. Violet sentía que Dream la ayudaría a mejorar su reputación. Violet se estaba enamorando de Dream.

En un momento dado, Violet descubrió algo aterrador. Los rayos gamma se utilizaban para estudiar el sistema solar, las galaxias y todo el universo. Así que ideó un plan para mantener a Dream en la Tierra con ella.

Por eso Violet animaba a Dream a tener éxito en la Tierra. Así, con el llanto de un recién nacido, centrado en 3500 Hz, Dream interpusiste un propósito y un deseo de vivir.

El ritmo cardíaco normal de un recién nacido en reposo es de entre 100 y 150 latidos por minuto. Es en los intervalos en los que no hay latidos cuando Dream tejía la esperanza. La esperanza se manifestaba en forma de optimismo o energía de frecuencia de 2 a 432 Hz.

Incluso los adultos podían utilizar Dream para mejorar su creatividad, resolver problemas y encontrar ideas para su bienestar.

Naturalmente, Dream se volvió muy ocupado. Se olvidó de que era el novio de Violet. Dream era capaz de trabajar solo en la oscuridad.

En un abrir y cerrar de ojos, se produjo una onda gravitacional. Sí, ese fue el momento exacto en el que Violet y Cupido se hicieron amigos.

Ese fue el momento exacto en el que se bloqueó toda la vida para tener sueños. De repente, sin trabajo, Dream se quedó solo y sin un propósito en la vida. Naturalmente, Dream buscó a su vieja amiga Violet, pero no pudo encontrarla.

Cuando Dream no le prestó a Violet la atención que necesitaba, ella se enfadó. Dream nunca se había dado cuenta de que no solo era importante para el futuro de los recién nacidos, sino también para la confianza diaria de los adultos.

Para empeorar las cosas, Cupido y Violet comenzaron a actuar como dos agujeros negros. Colisionaron y enviaron pequeñas pero detectables ondas gravitacionales que impidieron que Sueño existiera. La pareja se convirtió en asesinos de Sueño.

Al enterarse de que Cupido y Violet estaban destruyendo a Dream, Tac ideó un plan para empoderar a una mujer específica para que devolviera a Dream a todas las edades de la vida.

—La mujer tendrá empatía y una fuerza sobrehumana para sostener a Dream en sus brazos y devolverle la vida. Esa niña se llamará Lilly —anunció Sofía.

—Para mantener a Lilly a salvo, debe tener un perro que tenga un sentido adicional para percibir los pensamientos y sentimientos de la niña —sugirió Tac.

—Nuestras lecturas de este momento del futuro muestran que la niña llamada Lilly tiene ahora catorce años y Dream sigue muerto —informó Green a todos.

—¿Estará dispuesta esa larguirucha a usar su extraordinario coraje y a concentrarse lo suficiente para devolverle la vida a Dream? ¿O pasará toda su vida llorando y pensando solo en su pérdida? —preguntó Orange.

La sabia Sofía aseguró a todos que Lilly se mantendría concentrada y no se desviaría del camino como había hecho Caperucita Roja. Lilly ayudaría a la Tierra convirtiendo primero su pérdida en un regalo.

Sofía no se dio cuenta de que un perro había cogido toda la nota de Cupido de su bolsa. ¿Quién había enviado al perro para robar los poderes eternos del amor?

*****

Eso fue todo lo que Lilly escribió para el concurso de ciencia ficción. Solo se necesitaban unas pocas páginas para participar en el concurso.

Rápidamente, envió una copia por correo electrónico al editor del concurso.

—Te quiero, Bella —suspiró Lilly—. Espero poder entender la repentina muerte de mi padre y el rápido nuevo matrimonio de mi madre escribiendo sobre ello. De alguna manera, convertiré la pérdida en un regalo para poder seguir adelante y ayudar a la Tierra. Quizás mi miedo a los músculos masculinos salve nuestro planeta.

Bella bostezó.

El síndrome de piernas inquietas de Lilly y el hecho de que hablara mientras dormía ayudaban a Bella a detectar los ataques de pánico de Lilly y la necesidad de lamer su mano izquierda. Bella incluso podía ver el sudor de Lilly. Además, tanto cuando Lilly dormía como cuando estaba despierta, el perro había aprendido a detectar olores, movimientos y posturas corporales para saber si Lilly estaba nerviosa, ansiosa o asustada.

Acariciando la cabeza de su amiga, Lilly le dijo en voz baja:

—Este concurso de escritura me resulta más fácil que crear otro gusano como hice en sexto curso. Ahora me pregunto cómo seguirá mi novela.

Lilly bostezó. Entonces recordó las palabras de sus padres en el salón la semana antes de que empezara el colegio.

Sus padres le recordaban a Lilly a dos pájaros enamorados o a dos hermosos cisnes. Ella y Bella pronto se relajaron en la cama de Lilly.

Esa noche, Lilly soñó.

CAPÍTULO 11

Conversaciones de adultos

Bella y Cuddles fueron los únicos testigos. Su vista y oído, recién agudizados, experimentaron a dos adultos.

—No voy a rejuvenecer, cariño —dijo David—. Nos vendría bien el dinero extra para la educación universitaria de nuestras hijas. Por favor, reconsidera mi deseo de dejar la marina y trabajar para la Academia, anteriormente conocida como Blackwater. Eric era un exoficial de los Navy SEAL que fundó la empresa. La misión ayudaría a la Estación Espacial Internacional a recoger desechos orbitales.

—Es un trabajo arriesgado, cariño —dijo Sunny—. Los desechos orbitales son basura de objetos lanzados al espacio.

—Los desechos se encuentran en zonas de órbita terrestre baja, por donde vuela la Estación Espacial. La tarea de recuperar la basura espacial es muy emocionante —informó David—. Estaré seguro utilizando un arpón espacial en lugar de una red gigante para mariposas para limpiar siete mil toneladas de basura.

—David, piénsalo un momento. La basura espacial puede desplazarse a una velocidad de entre 7 y 8 km por segundo. Esa velocidad es siete veces superior a la de una bala disparada por un arma. ¿Qué tal si te dedicas a la política? Tienes buenos conocimientos de historia —sugirió Sunny.

—Tienes razón. Sé de historia tanto como cualquiera que se interese por el tema. Muchos marinos llegaron a ser presidentes. John F. Kennedy, Lyndon Johnson, Richard Nixon, Gerald Ford, Jimmy Carter... Todos ellos habían servido en la Marina, al igual que George H. W. Bush. Pero mi presidente favorito era un optimista. Era un hombre de la Fuerza Aérea.

—Recuerdo que mencionaste que habías leído las memorias de Reagan. Estabas de acuerdo con él en que solo se debía enviar a las tropas estadounidenses como último recurso —señaló Sunny.

Sonriendo, David caminó lentamente, como un tigre seguro de sí mismo, cada vez más cerca de su esposa.

—Te quiero y te aprecio mucho. Tu seguridad es mi preocupación. Por favor, piénsalo. Tu decisión es simplemente....

David había empezado a abrazar y besar a su esposa. El primer amor de David fue la aventura en tierra, en el agua y ahora en la nueva frontera: el espacio.

David no era muy hablador. ¿Por qué tenía que dar explicaciones?

Se amaban y nada más importaba. ¿No era así como funcionaba el matrimonio?

Violet y Cupido habían sembrado la discordia entre la pareja, que ya no tomaba las decisiones en equipo. Violet y Cupido también planeaban dividir naciones y separar a sus líderes, para que nunca pudieran trabajar juntos.

Pero tres horas antes, David había firmado un contrato. A diferencia de la firma de David, la mano de Lilly estaba húmeda.

Al notar la ansiedad de Lilly, Bella comenzó a lamerle la mano izquierda.

*****

Sentada en la cama, Lilly pensó: —Estaba soñando. No creo que mis padres tengan que aparecer en mi novela de ciencia ficción. Mi padre no tiene por qué recoger mensajes en forma de arcoíris ni el anillo de oro del collar del perro.

Como si estuviera de acuerdo, Bella volvió a bostezar.

Me ahorraré preocupaciones si no incluyo a mi familia en mi ciencia ficción, pero creo que las ideas sobre el noviazgo de mis padres podrían aparecer en la obra que se representará este verano en el rancho. ¿Qué más se necesitaría para esa obra, además de los actores y el vestuario? Pues claro, un escenario y un argumento.

Riendo, Lilly pensó en un rancho. Necesitaba vaqueros, vaqueras, vacas y caballos.

Cuando estaban en la escuela primaria, Aaron le había mencionado una vez a Lilly que quería montar a caballo, incluso actuar en un rodeo.

La obra de verano en el rancho podría tratar sobre un hombre mayor que se enamora de una chica joven, algo parecido a lo que habían hecho su madre, Sunny, y su padre, Jim.

Creo que mi nuevo papá, David, también es mayor que mamá. Me casaré con un hombre mayor, pensó Lilly. Mis ideas para la obra de verano en el rancho necesitan este tipo de amor romántico.

Lilly estaba segura de que si Rudyard Kipling la conociera, le gustaría el rodeo y no otro escenario selvático.

Entonces, Lilly recordó que el grupo LOVE se reuniría para discutir métodos para enviar sus mensajes al espacio. Lilly propondría utilizar el núcleo de la Tierra.

De repente, Lilly se dio cuenta de que la resonancia de la Tierra podría utilizarse como termómetro global, una pista sobre cuándo se produciría el cambio de los polos magnéticos. Este conocimiento ayudaría a preparar los aeropuertos, las redes eléctricas defectuosas e incluso los satélites para apagones masivos.

Por el momento, Lilly necesitaba dormir un poco, pero había tantas cosas que quería hacer. ¿Tendrías el tiempo y la energía para hacerlo todo? Al quedarse dormida, Lilly recordó el poema de Davenport Babcock, "Sé fuerte".

CAPÍTULO 12

Un sabio profesor de arte

La cuarta clase de Lilly era arte. En su sueño de la noche anterior, su nuevo padre decidió guardar silencio sobre una decisión que ya había tomado. Lilly decidió hacer lo mismo. ¿Quién sería más sabio al saberlo?

Lilly decidió usar un dibujo del año anterior para el examen parcial. Además de ahorrar tiempo, le encantaban los pájaros. Eso era lo que se decía a sí misma. Lilly necesitaba tiempo para pensar en su novela de ciencia ficción, así que ¿por qué no usar uno de sus queridos pájaros?

Lilly se rió entre dientes. Estaba muy orgullosa de sí misma.

El Sr. Brown conocía el pasado de Lilly y, sobre todo, su amor por los pájaros. El Sr. Brown también era un amante de los pájaros.

Para ayudar a Lilly a desarrollar nuevos talentos, el Sr. Brown no permitiría ningún pájaro. Para evitar el arte rutinario, también omitió los peces y el trabajo anterior de otro estudiante.

Aun así, Lilly quería usar un pájaro corriendo, posiblemente de la realidad llamada honestidad. Por el momento, ese dibujo descansaba en su carpeta de arte junto con algunos bocetos de un perro, osos kola y una escena de naturaleza muerta para su novela de ciencia ficción.

La Ética a Nicómaco de Aristóteles señalaba que nadie hace el mal voluntariamente, sino solo por ignorancia de las consecuencias de sus actos. Platón creía que las personas hacían cosas malas porque les resultaban placenteras en ese momento. Otros podrían creer que estaban exentos de las consecuencias de sus actos. La ignorancia o el placer no deberían inhibir la capacidad de una persona para tomar la decisión correcta. Las cosas buenas siempre superan el dolor o la incomodidad de hacerlas.

La clase, ocupada con prácticas y demostraciones, terminó rápidamente. El pasado de Lilly quedó en su carpeta de arte y no en su mente.

Al día siguiente, después de pasar lista, se pidió a la clase de arte que mirara unas fotos tomadas desde el espacio.

—La semana que viene os explicaré las dos listas y os mostraré los bocetos de pájaros que hay colgados en la puerta.

Me encantan los pájaros y siempre dibujo algunos con información para que tomen nota. Uno de mis objetivos es que desarrollen su talento utilizando sus habilidades y conocimientos en constante evolución.

Lilly se sintió avergonzada por haber pensado en usar el pájaro del año pasado. Su profesora estaba tratando de desarrollar su talento. Los nuevos conocimientos la llevaron a decidir no usar el dibujo del año pasado. Su vida era un viaje y tenía oportunidades de aprendizaje y crecimiento para usar los valores como guía.

Entonces, oyó hablar a su profesora.

—Miren las diapositivas que se muestran en la pantalla inteligente. Las tomaron los astronautas en el espacio.

Lilly se inclinó hacia delante en su silla con entusiasmo y planes para el desierto. Era una oportunidad para explicar cómo el desierto podía cobrar vida con personas y vegetación utilizando la sugerencia de su abuela y las ideas de Vicky sobre las nubes.

—Uno de los astronautas que tomó las fotos podría haber sido el papá de Lilly.

Sonriendo, Lilly pensó que era muy considerado por parte de su profesor mencionar a su padre.

—Tu profesor de geografía quiere que veas la conexión entre América y los otros seis continentes. El Sr. Hill está compartiendo sus diapositivas para explicar la litosfera con sus placas tectónicas.

Al oír "placas tectónicas" Lilly pensó de repente en lo que había dicho Oliver:

—Es posible que, al igual que la Tierra, Europa tuviera placas tectónicas bajo sus capas de hielo. Los lugares situados en esas placas podrían proporcionar y sustentar condiciones de vida para los seres humanos.

Entonces Lilly oyó a su profesora decir:

—Estoy utilizando las diapositivas para presentar los tres colores primarios: rojo, amarillo y azul.

Una imagen siguió hablando a la imaginación de Lilly.

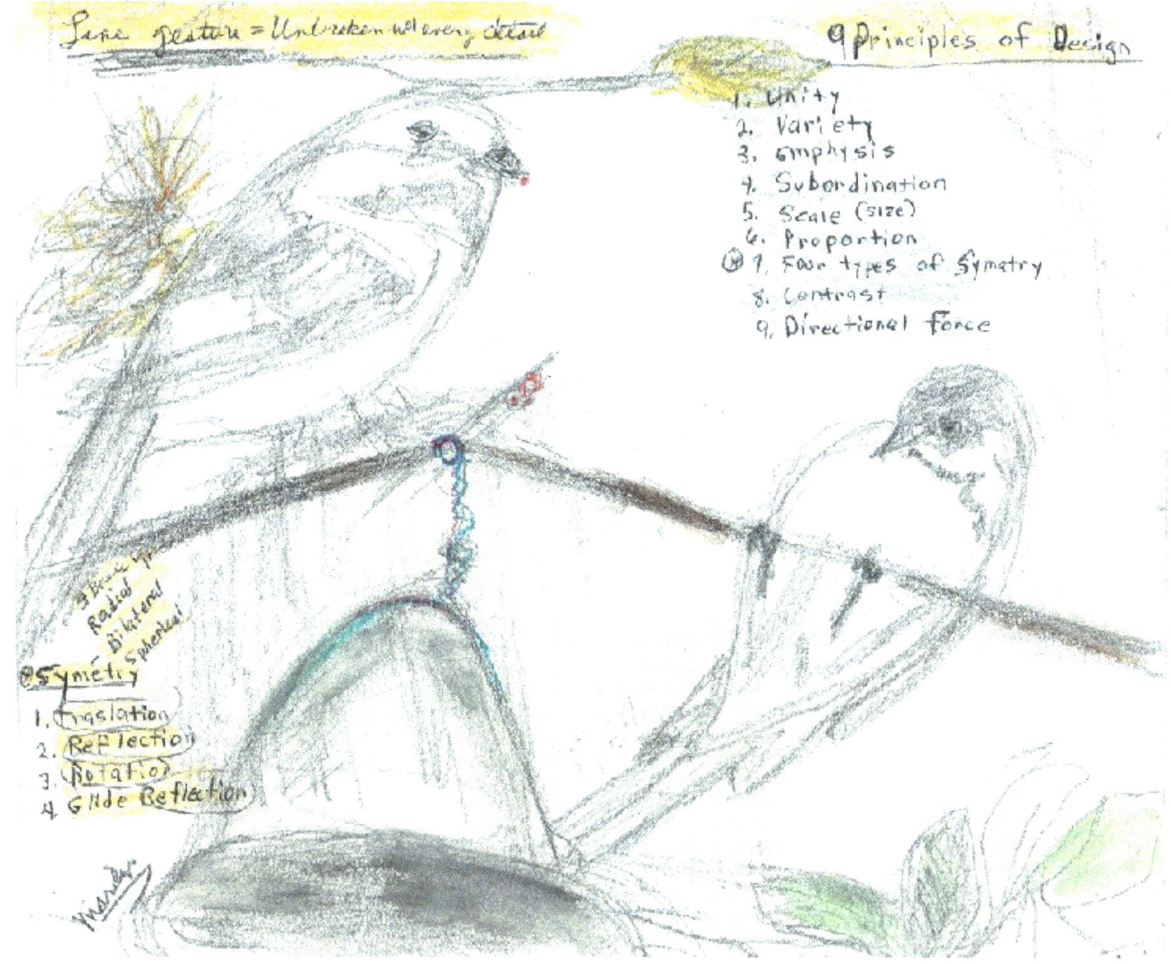

—Por cierto, lo que tú ves puede no ser lo que ven los demás o lo que yo veo, debido a nuestras diferentes percepciones, creencias y ojos.

Ojalá tu profesora dejara de hablar. Lilly estaba ansiosa por empezar a dibujar.

—Monet fue el fundador de la pintura impresionista francesa. Rechazó el enfoque tradicional de la pintura de paisajes. Monet no podía ver el azul, posiblemente debido a unas cataratas. En 1923, Monet se operó del ojo izquierdo. A partir de entonces, comenzó a usar unas gafas verdes especiales y no se operó el otro ojo.

Al mirar directamente a algunos estudiantes que llevaban gafas, comentó,

—Los ojos miopes ven mejor las longitudes de onda *largas*, como el rojo. Los ojos hipermétropes ven mejor las longitudes de onda *cortas*, como el verde y el azul.

Luego, sosteniendo una copia de la obra de otro artista, pidió a los alumnos que pensaran en el artista autodidacta holandés Vincent van Gogh y su elección de colores.

—Ahora, seleccionen dos diapositivas para copiar. Empiecen, como el artista holandés, utilizando carboncillo para definir rápidamente los espacios negativos y positivos. A continuación, seleccionen *uno* o varios de los tres colores primarios para terminar su trabajo.

Eso era exactamente lo que Lilly estaba haciendo con el carboncillo marrón, suave y friable, fabricado a 300 °C.

El desierto del Sáhara, situado en el norte de África, alcanza temperaturas que rozan los 47 °C (117 °F). Pero en esa diapositiva Lilly solo veía arena, no calor. Su imaginación la llevó a utilizar carbón marrón para crear la arena del desierto.

Pronto, sus pigmentos transformaron las dunas de carbón marrón en colores para la hierba, las plantas y los árboles. Su dibujo terminado no se parecía al desierto marrón monocromático original.

La imaginación de Lilly veía a personas viviendo y trabajando en desiertos, es decir, después de rociar arcilla líquida sobre la arena. El uso de nanopartículas de arcilla líquida favorece la vida de los hongos y ayuda a las raíces de las plantas a utilizar los nitratos, o fertilizantes.

Para su segunda elección, Lilly intentó ser una impresionista como el pintor francés Eugene Henri Paul Gauguin.

Gauguin no tenía restricciones en cuanto a lo que debía ser el arte. Trabajaba más allá de la imaginación. Incluso influyó en Pablo Picasso. Gauguin había sido amigo de Vincent van Gogh, y ambos formaban parte del movimiento postimpresionista. Su profesora quería el estilo, no los colores elegidos por el artista, o al menos eso creía ella. ¿O era eso lo que creía haber oído?

Para la elección de su segunda diapositiva, la imaginación de Lilly se enfrentaba a la de Gauguin. Estaba recreando el arte de la Polinesia Francesa para la diapositiva que mostraba los puertos más transitados del mundo, situados en el delta del río Yangtsé.

Después de colocar sus bocetos en dos colores sobre la mesa de trabajo de la clase, oyó a su profesora.

—La semana que viene colgaré sus trabajos en el techo con números en lugar de sus nombres. Tendrán que emparejar el número con el artista. Será una oportunidad para conocer a sus compañeros, no por su nombre, sino por su arte.

El resto de la clase, los alumnos trabajaron en sus deberes, dibujando sus futuras profesiones con animales. El animal tenía que ser diferente al elegido para el examen parcial. Durante ese trimestre, se estaban centrando en los animales.

CAPÍTULO 13

Profesión

Al día siguiente, cada alumno colgó su trabajo para su evaluación "*Dependiente*" era la palabra emocional que Lilly había escrito en el reverso de su trabajo con Cherney para la clase de música.

El diario de Lilly tenía bocetos y salpicaduras de color para probar matices, tintes, tonos y sombras. Sentía que cada imagen necesitaba una palabra en la parte posterior.

Si alguna vez vendía su trabajo, la información del reverso de la imagen se podría consultar rápidamente en lugar de hojear su diario.

Esa tarea hizo que Lilly se comprometiera finalmente con el arte como su futura carrera. Aun así, podría cambiar de opinión.

Julia Child escribió su primer libro de cocina cuando tenía cincuenta años. Henry Ford tenía cuarenta y cinco años cuando fabricó el coche Modelo T. Harry Bernstein finalmente consiguió el éxito cuando tenía noventa y seis años. La abuela Moses comenzó a pintar prolíficamente a los setenta y ocho años.

Platón dijo algo sobre que los inventos tienen una madre llamada necesidad. Y el clima de la Tierra necesitaba ayuda. Lilly cambiaba de opinión a menudo.

De repente, al escuchar los comentarios de otros estudiantes, especialmente las declaraciones sobre su trabajo, Lilly volvió a la realidad.

Por error, Lilly también había colgado una acuarela destinada al concurso de ciencia e e en la que Violet y Cupido se escondían en su obra.

El Sr. Brown sonrió y dijo:

—Muy bien, todos. ¿Alguien quiere explicar su carrera profesional y la elección de los colores?

Lilly levantó la mano y dijo:

—Por error, había colgado un bodegón en color. Es para un concurso de ciencia ficción y esconde a Cupido y Violet. Para la tarea de hoy, voy a utilizar las kolas grises de una de mis herramientas de trabajo.

Mirando directamente a su profesor, continuó:

—Me doy cuenta de que el gris es un color frío, neutro y equilibrado. El gris representa la inteligencia. Sé quién soy y lo que puedo lograr. Soy independiente en lo que respecta a mi elección profesional: ser artista de acuarelas. Más adelante, usaré el violeta. El violeta es para el futuro, para mi imaginación y mis escritos.

Otros alumnos explicaron sus trabajos y la elección de los colores.

—Conviertan el trabajo de hoy en un producto comercializable. Recuerden —continuó el Sr. Brown, —que debe ser rentable. Incluyan todas las instrucciones necesarias para montar el producto y que sea rentable.

Sin dudarlo, Lilly comenzó a dibujar de nuevo.

Lilly se había asustado al oír hablar de los peligros del espionaje, 18 Código de los Estados Unidos, capítulo 37.

Pensar y diseñar un producto comercializable a partir de un miedo sería una forma positiva de curarse. Pronto, Lilly comenzó a dar forma a ideas para un marcapáginas y tarjetas de nota. La tarea no debía entregarse hasta la semana siguiente. Sin embargo, la imaginación de Lilly y los ojos del lector pueden ver el producto terminado antes de la semana que viene en la página siguiente.

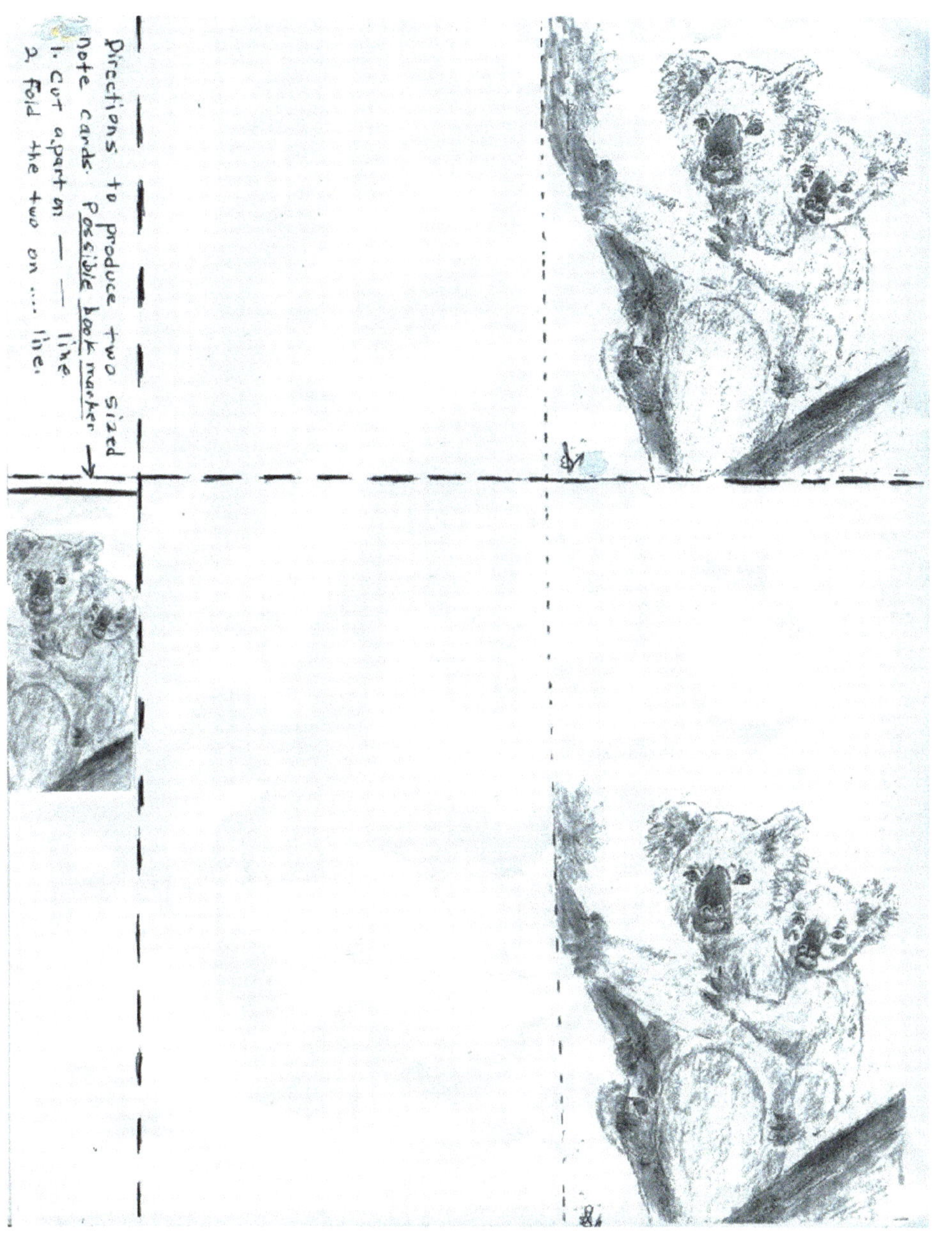

CAPÍTULO 14

Las mujeres también tienen testosterona

Se podría creer que una hormona masculina es exclusiva de los hombres. Eso no es exacto. Los ovarios de las mujeres no solo producen estrógeno, sino también pequeñas cantidades de testosterona.

Otra glándula que produce hormonas es la tiroides. Estas hormonas son responsables del metabolismo y el crecimiento. La tiroides es pequeña y se encuentra debajo de la piel y la grasa muscular, en la parte delantera del cuello. Es de color rojo parduzco y pesa solo 28 gramos. Si no se supiera, al ver la tiroides se podría decir:

—Tengo una mariposa en el cuello.

Lilly había crecido más y más rápido que sus compañeros. Su nuevo médico había asegurado a todos que Lilly no tenía problemas de tiroides y que no sufriría gigantismo. En cuanto a la mononucleosis, Lilly ahora estaba sana. Sin embargo, necesitaba recuperar la fuerza muscular.

Lilly no se movía, no porque estuviera enferma, sino porque se había vuelto perezosa. A veces, escribir y dibujar le resultaba más fácil que gastar energía haciendo ejercicio.

La energía puede provenir de muchas fuentes. Para Lilly, su energía provenía de los elogios. Lilly vivía de las palabras de aliento. Sus profesores de arte e inglés no eran tacaños a la hora de felicitar a sus alumnos.

En el pasado, sus padres solían decirle:

—Lilly, te queremos mucho —Quizás una vez más ayudaría.

—Siempre estamos a tu disposición y deseando saber lo que piensas.

Esa última afirmación era sin duda cierta, al menos en un momento dado. Pero ahora Sunny estaba ocupada. Su trabajo a tiempo parcial y estudiar para obtener el GED le exigían mucha energía. Y su padre no estaba allí para hablar con ella. Estaba fuera por un curso de formación especial.

Lilly era una mujer hermosa y lo sabía. Y, lo que es igualmente importante, Lilly era una mujer con testosterona.

Se necesita una imagen, no palabras.

Ahora bien, Mary Howitt podría haber utilizado una araña que utiliza palabras halagadoras para atrapar a una mosca en el poema

—La araña y la mosca —Pero una mujer en una batalla estaba usando palabras para liberarse y ser independiente. Las palabras de la adolescente no eran halagadoras.

En cualquier caso, los cuernos o las palabras se enzarzaron en una batalla. Uno hirió profundamente al otro con palabras hirientes y airadas.

La maternidad es más que un acontecimiento físico. Puede ser una pérdida de uno mismo por el bien y la supervivencia del niño. A cambio, lo único que Sunny pedía era respeto.

El conflicto había comenzado cuando Sunny quería que su hija hiciera ejercicio y no hablara de salir con un hombre mayor. Pero, como en una rapsodia eslava, hubo una explosión repentina, y no fue para bailar. La madre, que era una oyente perfecta, simplemente dijo "no" a que saliera con Amor.

Comenzó como una melodía de amor romántico, pero rápidamente y de forma abrupta, el ritmo cambió. Lilly no era lo suficientemente madura como para imponerse sin dominar a su madre. Una vez más, Lilly hablaba sin pensar.

Amor podría ser mayor que Lilly, pero Lilly creía en los ocho tipos de amor griego, aunque nadie sabía exactamente cuáles eran. No dejarla salir con él no reflejaba en absoluto el amor que su madre le tenía. Además, Lilly era una sabelotodo certificada. Incluso tenía un título superior en saberlo todo porque tenía más estudios que su madre.

Para colmo, Lilly se había dado cuenta de que su aspecto físico atraía a los chicos. ¿Desarrollar sus músculos haría que los chicos la encontraran menos atractiva? El ejercicio podría desarrollar demasiado sus músculos. Lilly no quería correr ningún riesgo.

Esa misma noche, Lilly había demostrado ser una maestra del riguroso juego mental del ajedrez. Era agresiva y una fuerza de la naturaleza sobre el tablero y contra sus oponentes. Nunca ganaría si jugara contra Judit Polgár, la ajedrecista más fuerte de todos los tiempos.

Aun así, sus oponentes temían enfrentarse a Lilly. Algunos incluso llegaban a marcharse cuando la veían. Pero Amor parecía sentirse atraído por su fuerza. ¿O era su belleza... o su edad? ¿O era amor?

Las blancas mueven primero en el tablero de ajedrez. Y eso fue precisamente lo que hizo Lilly cuando vio al vaquero polvoriento, bronceado y desgarbado sonreírle.

Lilly le devolvió la sonrisa, una sonrisa sin restricciones ni aparatos ortopédicos. Y eso es exactamente de lo que Lilly y su madre hablaban usando palabras sin imágenes. ¡De verdad!

Esa misma mañana, Amor y Lilly se habían conocido en un torneo de ajedrez. Lilly acababa de sacrificar su reina, que era un peón del flanco de la reina, para acelerar el juego. La reina tenía posiciones iguales, o casi iguales, en el tablero.

Se podían haber aplicado varias estrategias de final, pero Lilly utilizó su reina y su peón para bloquear las vías de escape del rey contrario.

Al ganar, Lilly esbozó su sonrisa cassiana y levantó la vista. Como era de esperar, Cupido y Violet observaban cómo Lilly caminaba despreocupada hacia las flechas de Cupido, que tenían plumas violetas.

¿Cómo podía ocurrir algo tan descuidado? Amor estaba detrás del oponente de Lilly, ocupándose de sus asuntos, ¿o solo estaba ocupándose de sus asuntos? Pero, vaya, era guapo. Y eso era precisamente eso: un hombre había prestado atención a Lilly.

Ganar el torneo fue una emoción que le hizo ver a un hombre casi familiar, en muchos aspectos parecido a su difunto padre, Jim.

¿Y qué había pasado con alguien que tenía veinticinco años más de conocimiento y experiencia y alguien que ahora solo tenía catorce?

Paul Cézanne conocía muy bien a Lilly. Cézanne creía que la emoción daba origen al arte. ¿O era el amor lo que daba origen a la emoción? En cualquier caso, la emoción de ganar y ver de repente a una figura paterna hizo que Cupido saltara de alegría.

La madre de Lilly, Sunny, acababa de cumplir dieciséis años cuando conoció a Jim, un marinero fuerte y guapo. Jim se había llevado a la adolescente a costas lejanas y allí conoció a Lilly.

Sunny intentó razonar con su hija, diciéndole que tener dieciséis años era dos años más que catorce. Pero Lilly no entendía las matemáticas. Las acciones actuales de Lilly demostraban que nunca sería más lista que una rata.

Pero espera, las ratas son inteligentes. Las ratas pueden orientarse y recordar sus rutas.

Si Lilly necesitaba atención, bueno, que se sepa que las ratas también la necesitan. A las ratas incluso les gusta que les hagan cosquillas. Y, después de hacer el amor, los ratones machos emiten sonidos de entre 20 y 22 kHz. Lilly solía ser como una rata. Ambos mostraban empatía. Ambos podían comprender el dolor del otro.

Pero ahora, Lilly solo gritaba sin sentir el dolor de su madre que se desbordaba en lágrimas.

—Y ese Amor... ¿A qué se dedica? —le había preguntado su madre.

No juzgues a Amor tan rápido. Amor no sabía la edad de Lilly. Además, Sunny tenía que tener cuidado con las palabras fuertes. Algunos corazones jóvenes solo quieren bailar sin preocupaciones al son de su propia música y, posiblemente, ser como sus madres.

La crianza y la disciplina requieren orientación, no gritos.

En fin, Lilly mencionó montar potros salvajes, atrapar terneros con lazo, luchar con novillos y ganar hebillas de campeón de rodeo. Era una carrera respetable.

Al día siguiente era sábado y, al atardecer, no había ningún payaso de rodeo sentado en el salón para distraer a una joven impaciente que necesitaba atención e independencia. No, ni siquiera había un payaso para aliviar la tensión y cambiar el pánico por la calma. Y nadie tarareaba música clásica para relajar el ambiente.

Solo había una familia y un invitado para cenar. ¿Acaso los padres no quieren que sus hijos sean como ellos? ¿No veía Sunny lo que veía su hija como una figura paterna?

Nunca se mencionó la edad. Seamos sinceros. Las matemáticas no siempre son el lenguaje universal de las emociones. No era necesario mencionar la entrada en la edad adulta. ¿Por qué hacer conjeturas descabelladas sobre la madurez de alguien?

Los temas que David mencionó en voz baja incluían la economía, la religión y las clases de preparación para el matrimonio en su iglesia. Finalmente, David habló de conocer los objetivos y los sueños de la vida, con una carrera y un presupuesto en mente. Las personas independientes son precisamente eso, independientes.

Amor y Lilly se sentaron en silencio. Eran buenas oyentes.

—Básicamente —dijo Amor—, me interesó descubrir cómo Lilly conocía tantos movimientos diferentes en un tablero con sesenta y cuatro casillas dispuestas en una cuadrícula de ocho por ocho. Su sincronización era increíble. Cuando me miró y me invitó a cenar a su casa, pensé que iba a ir a su casa, me refiero a su casa, no a la de su familia.

Lilly nunca se había fijado en el hombre cuando cambiaba de lugar para jugar contra otros oponentes. ¿Dónde había estado Amor antes de su última partida ganadora? De repente, Lilly se preguntó qué hacía ese hombre mayor en el torneo. ¿Por qué la seguía de un oponente a otro? Amor no parecía saber nada del juego, del ajedrez, claro está.

A Lilly también le sorprendió no haber notado nunca las cicatrices en la mejilla izquierda, el labio superior y la mano izquierda de Amor. Tenía las uñas largas y sucias.

Y pensar que había tenido la intención de abrazarlo y besarlo. ¿En qué estaba pensando? ¿Estaba demasiado ocupada escuchando sus emocionantes historias de rodeo como para fijarse en los detalles de sus cicatrices y la suciedad?

Al salir, Amor mencionó que necesitaba dormir un poco para poder madrugar y acudir al siguiente rodeo en otro estado con dos amigos que lo esperaban en su coche, aparcado frente a la casa de Lilly.

Después de que se cerró la puerta, Lilly se derrumbó en los brazos de su padre. Créeme, Sunny quería hacer lo mismo.

Finalmente, Lilly habló.

—Papá, tu compostura merece una medalla de honor. Desde lo más profundo de mi corazón y con todo mi futuro, quiero darte las gracias por mantener la calma y por tus palabras útiles. Me has salvado de cometer unos errores horribles.

Mamá, siento mucho haber discutido contigo. Por favor, mamá, perdóname. No solo me equivoqué, sino que te falté al respeto. Por favor, perdóname.

—Sí, Lilly, te perdono. Cuando no te presté atención inmediatamente, fue por una razón. Ahora, comamos. Vicky debe de tener mucha hambre, después de haber tenido que escuchar las conversaciones con el olor de la comida, ahora comida de banquete, cerca de ella en la cocina.

Lilly olió la comida. Banquete o no, tenía hambre.

En ese momento, era casi como un día de Acción de Gracias claro y fresco, sin nubes visibles en el cielo. No había estratos bajos, cúmulos, cirros ni nimbos a la vista.

Sin embargo, si se miraba con atención, se podían ver dos nubes protectoras en forma de panda en el cielo amarillo y rojo del atardecer.

CAPÍTULO 15

Planes

Después de comer y de volver a pedir perdón a su madre, Lilly se fue a su habitación. Empezó a escribir ideas para los personajes de la obra que se representaría en el rancho durante el próximo verano. Quería que su obra se representara.

Eligió a Amor para que la interpretara Aaron. ¿Por qué no escribir sobre su casi error y convertir todo en una comedia?

¿Se le había vuelto a nublar el juicio a Lilly? ¿Por qué involucrar a Aaron en un error casi trágico? Además, Aaron podría no querer que Lilly fuera su directora. Lilly estaba planeando una vida para ella y sus amigos cautivos en su ático.

Además, Lilly realmente no tenía tiempo para escribir la obra, terminar su historia de ciencia ficción y hacer los deberes. El grupo necesitaba escribir la obra.

Entonces Lilly se preguntó por qué Aaron no estaba en el torneo de ajedrez. De repente, Lilly se dio cuenta de que Aaron no había ido por la reunión de la conferencia. En la reunión del colegio, Lilly le había pedido a Aaron que se mantuviera alejado de ella. También quería averiguar a cuántas cosas era capaz de comprometerse. Ya tenía edad suficiente para ser responsable de su agenda.

Al volver corriendo a la cocina para hablar con su padre, le oyó preguntar:

—¿Por qué has tardado tanto en decidirte?

—No tenía palabras para expresarme. Ahora sé lo que significa el amor duradero de una familia. Eso es *amor verdadero*.

Tras unos cuantos abrazos y agradecimientos más, Lilly volvió a su habitación para seguir trabajando en su novela de ciencia ficción. Lilly siguió desarrollando la trama para incluir los puntos fuertes y débiles de Violet y Cupido. La nota completa, que ahora estaba en el collar de un perro, era la pista que le permitiría convertir su pérdida en un regalo.

Había que ocultar toda la nota del collar del perro a Cupido. Cupido tenía planes de mostrarla a adolescentes desprevenidos. Había que capturar al perro a toda costa antes de que Cupido arruinara vidas.

Pero primero, Violet intentaría meterse en la mente de Lilly. La adolescente necesitaba sueños tontos con falsas esperanzas. Esa sería la única forma de que toda la nota funcionara.

No sería fácil, a menos que Lilly permitiera que otros dirigieran su vida con sus horarios y sus sueños. Lilly había elegido bien a sus amigos. Por lo tanto, Violet y Cupido tendrían que usar la fuerza bruta con Lilly. Pero, ¿qué podrían usar? Desde luego, no querían que desarrollara sus músculos y se volviera lo suficientemente fuerte y centrada como para devolverle la vida a Dream.

Así que eligieron una pluma para despertar la imaginación de la adolescente y hacerle creer que la independencia le proporcionaría la verdadera felicidad y tranquilidad a una adolescente desprotegida, sin formación e inmadura.

*****

La pluma solo funcionaría si el valor y los planes de Lilly se debilitaran.

Para debilitar a Lilly, Violet, con la ayuda de Cupido, tenía que aniquilar y destruir el sentido común de Lilly y ocultar la verdadera razón por la que la adolescente quería devolverle la vida a Dream.

*****

Pensando en su nuevo horario de trabajo, Lilly envió por correo electrónico una copia a su futuro editor con una nota diciendo que habría más durante sus vacaciones de Navidad. Lilly había sido seleccionada como una de las tres finalistas.

Lilly pensó para sí misma: —*Supongo que a los chicos les gustan las chicas con músculos. Si no es así, haré ejercicio con moderación. Mis padres solo quieren que esté sana. Le preguntaré al entrenador Chuck qué tengo que hacer para estar lo suficientemente fuerte para las tres pruebas de atletismo* —Luego, estirándose hacia el cielo, decidió mencionar a su entrenador su miedo a tener demasiados músculos.

Al oír a Bella bostezar, Lilly bajó la mirada y dijo:

—Lo siento, querida amiga. No te dibujaré para el concurso de escritura. Sin embargo, mañana empezaré a hacer bocetos de ti para el proyecto de arte de mitad de trimestre. Por cierto, mi profesor de inglés, con el permiso de mis padres, ha enviado los dos artículos cortos que escribí en clase para su publicación.

Sonriendo, Lilly siguió explicándole cosas a Bella.

—Un artículo se envió a la revista *Families and Friends*. El segundo se envió a una revista titulada *Journey for Understanding the Self*. Pensaba que mi proyecto de arte, los marcapáginas y las tarjetas eran lo que me daría dinero. Parece que mis palabras también son rentables. Me pregunto si esta será mi doble carrera.

Cuando Lilly salió a pasear a Bella por la tarde, ambas se detuvieron a contemplar el cielo nocturno.

Venus se veía antes del atardecer, pero ahora parecía brillar sobre Lilly. Posiblemente, Venus, el único planeta que lleva el nombre de una diosa, estaba tratando de alabar a otra mujer.

Mercurio también era visible y, sin duda, había decidido reconocer a Lilly. Mercurio era el primer y principal planeta de la inteligencia.

Entonces, Lilly pensó en sus artículos de revista. Uno era sobre su miedo a tener demasiados músculos en "Una rana rescata a Lilly". Pero al pensar en su primer artículo publicado, titulado "Primera cita". Lilly se abrazaba a su perro.

CAPÍTULO 16

Las dos historias de Lilly en la revista

*P**rimera cita: Introducción*

Los padres de Lilly y Vicky finalmente dieron su aprobación para que sus hijas salieran en grupo.

Pensaban que, estando juntas, las chicas estarían seguras para explorar las relaciones sentimentales. Todos los planes, las conversaciones y la información no incluían una carrera para ser el primer coche en cruzar el puente cubierto de hielo.

A menudo, una persona que se está ahogando ve pasar su vida ante sus ojos. Esto podría explicar la risita de Lilly, seguida de un gorgoteo, y luego el hecho de que viera la boda militar de sus padres.

Primera cita

La primera cita de Lilly y su hermana había sido una cita en grupo.

Cuando una persona se está ahogando, su vida pasa ante sus ojos. Su vida y sus expectativas para el futuro se imaginan con gran intensidad.

La primera imagen que vio Lilly fue la boda de sus padres. Lilly finalmente entendió por qué su madre se había vuelto a casar.

La segunda imagen que vio Lilly fue ella misma realizando experimentos en un laboratorio médico en Europa. La tercera imagen era Vicky componiendo música con frecuencias curativas para el clima de la Tierra.

Lamentablemente, Lilly no vio dos premios Nobel. Uno era por su descubrimiento médico. El segundo era por la música de su hermana, que sanaba el clima de la Tierra.

Esos dos premios Nobel podrían haber sido en el futuro, un futuro que ella y su hermana nunca tendrían.

Todo comenzó cuando los padres de Lilly y Vicky tuvieron discusiones y charlas sobre códigos de vestimenta, códigos de conducta, códigos de pensamiento y códigos de uso del cinturón de seguridad. Todas las charlas olvidaron incluir el comportamiento en grupo mientras se conducía por una carretera que cruzaba un puente helado.

Cuando lloras de felicidad, primero se te llena de lágrimas el ojo derecho, y luego los dos ojos.

Dolor. Más de una docena de pares de ojos se llenaron de lágrimas aquella noche.

Antes de las lágrimas, hubo risitas, más risitas y luego sonidos guturales. Lilly veía de repente su boda militar, una boda que deseaba pero que nunca viviría.

Siguieron otras imágenes y pensamientos hasta que aparecieron dos ataúdes para adolescentes y un tercero, del tamaño perfecto para Bella.

Sí, *dos coches habían cruzado a toda velocidad un puente en una competición para desafiar a otros vehículos. Un perro había corrido por un puente cubierto de nieve para ayudar a dos que flotaban en aguas heladas.*

Nota: Para el artículo publicado en la revista, se cambiaron los nombres de los niños y del perro.

Una rana rescata a Lilly

En la historia de otra persona, la rana besada se convertiría en un príncipe. Un cuento de hadas como ese impediría que Lilly madurara y creciera con la realidad.

Sin embargo, existe otro tipo de rana: un hombre rana que ahora se llama Navy SEAL. El padrastro de Lilly es un SEAL de cara verde.

David le hizo un regalo a su hijastra: la curandera de su familia sioux. No mucha gente sabe que cada nación india tenía curanderos que comenzaban su formación a una edad temprana.

Se seleccionaba a un niño y se le enseñaba sobre las plantas medicinales, los árboles, las raíces, las bayas y otros alimentos utilizados, además de canciones y oraciones. El número de días de ayuno variaba según el niño elegido. La edad en la que se iniciaba el entrenamiento era tan importante como el número de días que el niño permanecía solo en una pequeña tienda india situada en una zona específica.

Bajo la atenta mirada de su padre, Lilly había ayunado y permanecido despierta durante todo un día antes de llegar al campamento sioux.

Lilly sabía que, durante el entrenamiento, los Navy SEALS permanecían despiertos durante cinco días y cinco noches seguidos. Se mantenían despiertos moviéndose constantemente y tomando cafeína que mezclaban con comida y se metían en la mejilla. Pero el verdadero secreto de su éxito eran sus compañeros de la marina. Los compañeros de la marina se motivaban mutuamente para aguantar, ya que solo se les permitía dormir cuatro horas repartidas a lo largo del día.

Pero Lilly estaría sola en el campamento y ya tenía sueño. En la zona de acampada de la reserva, le habían aconsejado que ignorara su primer sueño y siguiera soñando. Así que, sola en la pequeña tienda india, durante un tiempo que no sabemos cuánto fue, Lilly siguió ayunando e intentando mantenerse despierta. Pronto, agotada, Lilly se quedó dormida y soñó. Después del primer sueño que Lilly ignoró, tuvo un segundo sueño.

Al despertar, a Lilly no le gustó el segundo sueño, así que se relajó, se volvió a dormir y volvió a soñar. Una vez más, el segundo sueño persistió. Ahora se encontraba en el mundo onírico de su subconsciente, donde su cerebro necesitaba ser recogido.

El poder de los animales en los sueños de una persona es equivalente al de un individuo que se asocia con ese animal, ave o criatura marina. Y a Lilly le encantaban todos los pájaros.

Los nombres de los equipos deportivos asocian al equipo de la misma manera. Cubs, Falcons, Hawks, Eagles, Gators, Bulls, Rams, Bucks, Longhorns, Sharks y Broncos son algunas de las identidades que han elegido los equipos deportivos. Entonces, Lilly tuvo un cuarto sueño.

Lilly deseaba casarse algún día. La belleza solía ser la primera atracción para los hombres. El deseo de casarse y formar una familia a menudo superaba su obsesión por la pérdida, el dolor y el propósito de su vida. Así que, naturalmente, primero tuvo que lidiar con su miedo a los músculos.

Cuando Lilly se despertó, la curandera estaba a su lado con un plato de sopa. Mientras Lilly bebía lentamente el caldo, la curandera le pidió que le describiera su último sueño.

¿A qué le temías? Lilly tenía mucho miedo de desarrollar *músculos.*

En su último sueño, Lilly se veía a sí misma mirando un estanque de agua cristalina. Fue entonces cuando se dio cuenta de que la curandera estaba lanzando piedras al estanque. Pronto, la imagen de Lilly se distorsionó, por lo que se levantó y comenzó a lanzar piedras al agua para borrar la imagen en la que sus músculos se agrandaban con las olas.

Pero las piedras de Lilly solo rebotaban en la superficie del agua, mientras que las frecuencias de sus gritos provocaban olas que rozaban su reflejo, duplicando sus músculos y su tamaño.

Lilly estaba ahora en el momento, en la realidad. Había estado pensando en extremos. Tenía confianza en sí misma, pero temía ser juzgada, sobre todo porque era más alta que sus amigas. De repente, Lilly recordó haber abrazado a la alta curandera cuando se conocieron. Su hermana de sangre era atractiva, alta y musculosa. Por fin, los músculos eran hermosos y, básicamente, parte de la anatomía humana.

—Los músculos son extremadamente importantes, Lilly. Alrededor del 30 al 40 por ciento de un cuerpo sano está compuesto por músculos esqueléticos. Por cierto, Lilly, cuanta más masa muscular tengas, más fuertes serán tus huesos.

Mientras montaban en sus caballos, la curandera sugirió volver a la reserva para hablar del miedo que se escondía tras la pérdida de Lilly, diciendo:

—Pareces pensar que elegir la ciencia como carrera es una traición al amor de tu padre por las artes. Creo que tu padre hubiera querido que tuvieras salud psicológica y no te quedaras paralizada por los recuerdos.

Mientras le tocaba la mano a Lilly, añadió:

—La salud mental es importante en todas las etapas de la vida. Para poder ayudar a los demás y a nuestra Tierra, necesitarás estar psicológicamente sana. Yo puedo ayudarte con eso y con el propósito de tu vida: tu regalo al mundo.

Al acercarse a la reserva, Lilly vio la sombra de su caballo moviéndose en dirección contraria.

Agradecimiento y reconocimiento especial a:
1. Google
2. Los militares en activo y retirados y sus familias
3. Los nativos americanos
4. Dreams
5. Muscles

Advertencia

No intentes permanecer despierto como lo hizo Lilly. Ella estaba bajo la supervisión de su padre y, más tarde, fue supervisada por la curandera sioux de este. Recuerda que esto es solo una historia.